文春文庫

風の扉

夏樹静子

文藝春秋

風の扉／目次

風の扉 7
刺客 26
消えた人 50
大学病院 81
影の息 113
爪 131
訃報 148
脳死 181
廃屋 200
指紋 231
手術 263
魂の墓標 282

解説　板倉徹

風の扉

刺客

1

沈黙が落ちると、雨気を孕《はら》んだ五月の夕風が、じっとりと重く肌に感じられた。畳にすれば四十畳余りの長く広い板敷の工房には、弓なりの伸子《しんし》を打たれた絹の反物が三本ばかり、端から端へ張り渡されている。糊《のり》を洗い落としただけの白生地、色挿しがなかば進んでいるもの、蒸気で染着したあと乾かしてあるものなど、型染の中途にある反物である。風が流れこむたびに、それらがわずかに揺れて、伸子の尖端《せんたん》が壁に触れるひそやかな音が耳についた。

島尾丈己は板敷の隅に正座している。静寂が耐えがたくなると、彼は膝の両側についている手の位置を少し前にずらして、再び深く息を吸いこんだ。

「なにとぞ、お願いいたします!」

前髪が敷居に当るまで低頭した。

敷居の先は一段高い日本間である。十二畳の座敷には特製の広々とした机が据えられ、その向こうに百合沢錬平がすわっている。昼間の仕事着から大島の和服に着替えている彼は、背筋を伸ばし、首だけを極端に前へ突き出した姿勢で、机の上の画仙紙に見入っている。傍《かたわ》らには渋茶色の型紙の束、硯箱《すずりばこ》、数本の小刀を並べたペン皿……仕事机でありながら日頃端然と整っているのは、彼の癇症《かんしょう》を物語るようだ。

百合沢は陽灼《ひや》けした額を鈍く光らせ、太い眉の間に鋭い二本の縦皺《たてじわ》を刻み、唇をへの字に引き結んでいる。眼窩《がんか》がくぼんでいるので目の表情まではわからないが、いっさいの雑念を拒絶してきびしく冴えた眼光が、島尾には見えるようだった。

　下絵から型紙を彫る前が最も緊張すると、百合沢は折にふれて人に語っていた。

(悪い時に来てしまったか)――と、島尾はうつむいたまま顔を歪《ゆが》めた。だが、一昨日一年半ぶりに百合沢を訪ねて、今日は二度目である。一昨日は母屋のほうから面会を求めたが、苑子《そのこ》夫人を通じて、玄関払いを食わされた。昼間は三人の弟子が来ている。弟子たちが五時すぎに引揚げたあと、百合沢が八時ごろまで一人で工房にいる習慣を、島尾は知っていた。今日彼は、勝手のわかった工房へ無断で上り、いきなり百合沢の前に膝をついたのだ。

「あれから私なりに、できる限りの努力はしてみたつもりです。父は、自分の働いている工場にお前も勤めてはと何度も勧めましたが……そうすれば生活は多少楽になりますし、父もそれを望んでいることは目に見えていましたが、しかし、染工場の職人になってしまえば、一生職人で終らなければなりません……」

とりつく島もないような沈黙を埋めるために、島尾はもう一度同じ話を繰返した。破門されたあとの苦労話など、何ほども百合沢の心に響きはしないとおよそはわかっていたが、島尾はただジッと頭を垂れて相手の答えを待っているのが耐えられなかった。何につけ、彼は待てない性分である。

「私はどうしても、工芸作家への志が断ちきれなかったのです。そこで、アパートで型染教室をはじめまして、幸い十人ほど団地の主婦が通ってくるようになりましたので、そちらを教える傍ら、自分の作品に打ちこみました。何分狭いアパートで、伸子張りの場所も満足にありませんし、蒸し場は親父の工場のを夜間に借りたりして、ずいぶんと不自由しましたが……」

百合沢が画仙紙をめくった。眉間《みけん》の皺と唇のへの字は微動もせずに、つぎの下絵に目を落とす。(冷たい顔だ)――一瞬島尾は思い、嫌悪と反発が肚《はら》の底で蠢《うごめ》いた。あわてそれを押し伏せ、

「折にふれ先生のご指導を思い起こし、それに忠実に、かつまた自分の納得のいく作品をと、死物狂いで試作に励んだつもりです。それで、実は三度ばかり……昨年秋の東洋工芸展と、県展にも出品してみましたが……うまくいきませんでした」

(入選できなかったのはあんたのせいなんだ!)――突然激しい感情が湧き起こり、島尾は自分でもうろたえた。鳩尾《みずおち》の奥に熱の塊《かたまり》が発生して、グルグルとせりあげてくるような感覚だった。彼は百合沢を正視できずに視線を泳がせた。

適度の照明が落ちている座敷には、机とは反対の隅に四曲屏風《びようぶ》が立ち、斜め上の壁には縦横一メートルほどの染絵額が掛っている。主な飾りといってはそれだけの簡素な趣だが、その二つの作品はさりげなく、百合沢の輝かしい経歴を象徴しているかのようでもある。

四曲屏風には、池畔の芙蓉《ふよう》と水中の遊魚を描いた紋様が、藍《あい》と紅を基調にした多彩な濃淡で染め上げられている。紋様の反復が的確な流動感の効果をもたらしている。百合沢が三十三歳の若さで日本伝統工芸展総裁賞を受賞した記念碑的な作品である。出品されたものは着物で、現在それは京都の国立美術館に所蔵されているが、百合沢は後に同じ型紙で屏風を作って身近に置いていた。

染絵額には、籬《まがき》にからむ夕顔と御所車を配した幽艶《ゆうえん》な世界が浮かび出ている。彼が数年前から自らライフワークと称して情熱を傾けている「源氏物語五十四帖」のシリーズの一つであろう。

百合沢の型染の手法は、一口にいえば、友禅染めに見るような伝統美の継承と、そのあくまで華麗でいて現代的なデフォルメとでも表現できるだろうか。日本伝統工芸展に連続入選ののち、三十八歳で正会員となり、傍らほかの団体展や国際展でもつぎつぎに入賞して、五十一歳の今日では早くも巨匠と呼ばれる屈指の存在である。

島尾が百合沢の許《もと》に弟子入りしたのは、今から約六年前になる。父親が染工場の職人で、幼いころから染織に興味を抱いていた彼は、東京の美大工芸科へ入ったが、遊びすぎて中退。しばらく東京で別の仕事をしていたが、父親に呼び戻されてこの都市《まち》へ帰ってきた。百合沢に出入りを許されている呉服問屋の紹介を得て、二十五歳で彼の弟子になった。

当時は住込みだった。百合沢は非常に厳格な上、いつまでも下働きばかりさせて作品を創らせてくれない。島尾はたちまち反発と不満を鬱屈させた。

三年をすぎてから、ようやく少しずつ、自分のものが染められるようになった。四年めに、百合沢の勧めで団体展に出品した着物が入選し、奨励賞を受賞した。すると、市内の画廊が個展の誘いをかけてきた。島尾が百合沢に相談すると、「まだ早い」と一蹴された。だが、島尾は一日も早く、百合沢の拘束から離れたかった。癇性で気難しく、どこか人触りの冷たいこの師匠を、島尾は肚の底で憎み、ひそかに毒づいてばかりいたのだ。個展の成功によって、一挙に独立の足掛りを摑《つか》みたかった。

島尾は個展を強行した。それはほとんど反響を呼ばず、むしろ黙殺されたような結果で終った。同時に、百合沢に破門された。

『あの個展の作品は、大抵わたしの手持の下絵を剽窃《ひようせつ》したものだ』

百合沢がそういったという噂が、しばらくたって島尾の耳に流れこんだ。島尾は歯ぎしりしたが、直接指導を受けてきただけに、作風が似ていることは否めない。そのうえ、確かに百合沢がそのような発言をしたという証拠がない限り、談じこむわけにもいかなかった。

それからは――今彼に話した通りである。どこへ出品しても、なかなか入選しない。たまに入選しても、入賞はおぼつかないし、専門家に注目されたり、美術雑誌にとりあげられることはない。有力な画廊やデパートも相手にしてくれない。その理由は明白であった。百合沢は日本伝統工芸展をはじめ、染織部門が盛んな創造工芸展などで鑑査員や審査員を務めている。表向きの関わりがない団体にも、彼の影響力は滲透《しんとう》している。地元の業者には彼の息がかかっている。しかも島尾が彼の逆鱗《げきりん》にふれたことは、狭い世界では知れ渡っている。誰もが百合沢の思惑を恐れたり、彼に遠慮して、島尾を無視する態度を決めこんでいるのだ。気がつけば、島尾は染織工芸家への登龍門のすべてから破門されたようなものだった。

背いてはじめて、島尾は百合沢錬平の隠然たる勢力を思い知らされたのである。

彼は、百合沢に聞こえぬように短く溜息をついて、掌で口許をこすった。屈辱と挫折《ざせつ》感が、黒いしみのように胸内《むなうち》に滲《にじ》み出ている。

「私の力が至りませんでした」と、彼は本心とは裏腹のことをいって、再び頭を垂れた。

「一度の入賞で慢心していたことが、つくづくわかりまして、今日はお詫《わ》びに上りました。初心に返って、先生のお教えを仰ぎたいと考え、実は下絵も持参しました。もし先生に見て頂いて、ご指導が願えれば、作品を完成して、もう一度創造工芸展に出品したいのです」

島尾は、最近染めあげた着尺《きじやく》と、これぞと思う下絵を三枚、風呂敷に包んで持ってきていた。まず下絵を彼に見せ、その段階から彼に恭順の意を表しておいて、助言をもらい、完成した作品を出品して、つまるところ彼の口添えで入賞させてもらいたいのだ。百合沢と縒《よ》りを戻したことを世間に標榜《ひょうぼう》した上で、展覧会の入選、入賞を重ねていく以外、染織工芸家として立つ道は島尾には残されていなかった。

彼は百合沢の顔色を窺《うかが》いながら、片手で風呂敷をほどいた。つと、百合沢の視線が彼の手許へ流れた。ここぞとばかりに、島尾は三枚の画仙紙を持って座敷へ上り、それを百合沢の机に置いた。

「なにとぞ、よろしくお願い申します！」

島尾は畳の上に平伏した。

どれほどか、静寂が流れた。一分か二分、いや数十秒にすぎなかったかもしれない。島尾はパタリと何かが畳に当る軽やかな音を聞いた。少し顔を動かすと、自分の左肱《ひだりひじ》の脇に、画仙紙が落ちている。ハッとして上体を起こした。

百合沢が机の前に立ちあがっていた。真直ぐな鼻梁《びりょう》の両側にやや接近した二つの目が、冷ややかに島尾を見下ろしていた。

「染めは心だ。心の捻《ね》じくれた奴に、いつまでたっても作品など出来はしない。二度とここへ出入りすることはならん」

抑揚の少ない、重みのある声でいって、百合沢は顔をそむけた。いっそうきついへの字に結ばれた口許に、まるでうす穢《ぎたな》いものを見るような蔑《さげす》みが浮かんでいた。

2

ピシリと襖《ふすま》の閉まる音が聞こえた時、不覚の涙が島尾の頬にすべり落ちた。が、屈辱と惨めさの涙はすぐに止った。代りに、むせ返るような怒りが噴きあげてきたからである。なんという冷酷な、狭量な、傲岸《ごうがん》な……！

彼は百合沢が畳の上に放り投げていった自分の下絵を、手荒く風呂敷へ押しこんだ。皺になるのもかまわなかった。百合沢の手に触れたものを、彼も穢《けが》らわしそうに扱った。これでもう工芸への道は断たれたのだという絶望感が、彼を自棄《やけ》にしていた。

板敷の広間には電灯が点《とも》っていなかったので、そこはもうほの暗い夕闇に包まれていた。伸子張りの反物だけが白々と宙に浮かんでいる。島尾は思いきりそれを手で払いのけた。

工房にはかすかに刺激的な独特の匂いがこもっている。布地、染料顔料、糊をつくる餅米と糠《ぬか》、あるいは布に敷く豆汁《ご》などの入り混ったような匂い——。板間も座敷と同じに塵一つなくきれいなのは、毎日弟子たちが拭き掃除させられているからだろう。百合沢は早朝の仕事を好み、島尾が住込んでいたころには、毎朝五時まえに起こされた。寒中でも工房にはほとんど暖房を入れなかった。糊をこねるには、三時間もへらを廻し続けなければならなかった。蒸したあとの反物を洗う時には、ぬるま湯でもいいものを、氷のような井戸水でやらされた。そんな下働きばかり、ここで三年もさせられていたのだ！

　出入口のそばには昔から大きなテーブルがあって、その上には染料の壜《びん》や壺、汚れた筆や刷毛《はけ》、皿や小刀などが、さすがに雑然と置かれている。道具類は弟子たちの使うものであろう。型染はまず下絵を描き、それを型紙に彫る。型紙を布にのせ、それらに従って染料顔料で色挿しする。紋様を型紙に彫ることが基本的な工程だけに、さまざまの小刀が平たい空缶《あきかん》に放りこまれていた。

　下のほうに、木の柄のついた刃渡り十センチほどの切出しナイフが覗いているのを見つけて、島尾はふと手を入れた。柄は染料で汚れているが、確かに彼の持ち物だった。彼がここを追放されたあと、ナイフは一年半も空缶の底に打ちすてられていたのだ。

　柄を握ると、また惨めな悲しみが湧き出し、それがたちまち怒りのエネルギーに変った。鳩尾の奥の熱い塊が再び急激に膨《ふく》れあがってくる。怒りは憎悪であり、嫉妬《しっと》でもあった。もともと百合沢が嫌いだった。冷たくて、陰険で……かつての弟子に剽窃の汚名を着せて葬り去るとは、いかにもあいつらしいやりくちではないか。あんなに鼻持ちならない、人間としては唾棄《だき》すべき男が、天才だの巨匠だのと奉られていることが我慢ならない。あとわずかの修練で、自分にも同じくらいの作品が出来そうなのに、彼だけが権力を握り、自分は虫けらのように無視される。その不合理が承服できない！

　島尾は狂おしく空間にナイフを振るった。刃先が吊るしてある反物に触れ、布の端を切った。彼はいよいよ逆上し、反物めがけて振り下ろした。ナイフは伸子に当り、吊り紐が切れて布はパタリと床に落ちた。

庭先が見えた。広い庭を工房と母屋がコの字に囲っている。工房の前はセメント敷きで、母屋のほうには、低い植込みや小さな噴水のある池が配してある。

庭の奥は雑木林に繋《つな》がっていた。それは百合沢の持ち山ではないが、竹垣の外れには柴折戸《しおりど》もあり、林の中へ入れる道がついていた。

柴折戸を押していく人影が、島尾の目に映った。黒っぽい着物姿で、赤茶色のステッキをついている。百合沢にちがいなかった。

次の瞬間、島尾は何か目のくらむような感覚に襲われた。いっとき、息をのんで凝視《みつ》めていたが、右手に握っていたナイフを、左の小脇に抱えていた風呂敷包みに入れた。

上り框《あがりがまち》の端には、さっき脱いだレインコートが丸めてあった。急いでそれを羽織る。音をたてないように、工房のガラス戸を開けた。

母屋の縁側にはレースのカーテンがさがり、人のいる気配はなかった。奥のほうに灯りが籠《こも》っている。

島尾は風呂敷包みを両手で胸に抱きこみ、背を丸めるようにして庭を横切った。空が白っぽく、外はまだ少し明るかった。空気は湿っているが、昼間の霧雨は止んでいた。

柴折戸を開けて、百合沢のあとを追った。

雑木林の中には、一段と濃い宵闇が立ちこめていたが、木々の輪郭は見分けられた。入ってすぐの道端に大きな紫陽花《あじさい》が生えていて、今年も青紫の大輪の花をつけていた。

細い土道ははじめ上りで、しばらく行くと下りになる。もっと細い道も岐《わか》れ出ているが、主な道は一本である。島尾には勝手がわかっている。一時百合沢が天然染料の試みに熱中していたころには、日がな一日林の中を歩き廻って、栗の殻だの柿の葉だの、さまざまの植物を集めさせられたものだ。

足許に熊笹が生い茂っている。道が濡れているので、すべらぬように気をつけねばならない。

下りにかかった道が、ゆるくカーブしている先に、百合沢のやや小柄な後姿を認めた。太い樅《もみ》の木の傍らに立ち、背中を伸ばして梢《こずえ》の上を見あげているようだ。下駄ばきとステッキは、彼が林の中を散歩する時の好みのスタイルだった。島尾の来訪でムシャクシャしたので、気晴らしに出てきたというわけか。だが彼の脳裡からはたちまち島尾など消えうせ、己の作品世界に浸っているのにちがいない。

島尾は熊笹の上に風呂敷包みを置いた。結び目の間からナイフを抜き出した。刃を上にして握る。

一歩、一歩、踏みしめるように下る。心臓の鼓動が高まり、その音が耳に響く。百合沢は気がつかない。彼の足許で、ササユリの白い大きな蕾《つぼみ》が横を向いていた。

百合沢が何気なく振返った時、島尾はあと二、三歩に迫っていた。百合沢の激しい驚《きょう》愕《がく》の表情が、島尾の眼底に焼きついた。頭をさげ、猪のようにぶつかっていった。相手の帯の下で内臓を抉《えぐ》る手応えがあった。声は聞こえなかった。ナイフを抜く。血が噴き出したがさほどではない。飛沫がわずかに顔にかかる。ナイフの刃は染っていた。百合沢は前へ泳いだようだ。再び突いた。島尾の手と袖口がべっとりと濡れた。島尾はナイフを抜いては突き刺した。左手が相手の腕とからみあってもつれ、その間にも、どこを刺しているのかわからない。メッタ突きであった。そのうち重心を失って、島尾は前によろめいた。気がつくと、俯《うつぶ》せになった百合沢の上に被いかぶさっていた。

島尾はやっとの思いで立ちあがった。喘《あえ》ぎが異様な声になって、島尾の喉《のど》を衝《つ》いていた。

百合沢が、両手をひろげた恰好《かっこう》で倒れている。靴先で蹴ってみたが、もう何の反応も示さなかった。百合沢の右手は、頭の上へのびて、ちょうどササユリの根を摘みとろうとしているみたいだ。左手は地面に投げだされている。指には血はついてなく、ほの白くきれいに見える。

本当に、美しい指だった。骨太で、節くれ立っていながら、安定し、均整のとれた力を感じさせる。おそらくは百合沢が息絶えた今でさえ、彼の二つの手だけはまだ生命力に満ち、優れた仕事にとりかかろうとしているかのように——。

再び狂おしい衝動が、島尾の身内を貫いた。彼は血糊で掌に張りついているナイフを逆手《さかて》に握り直した。膝を折り、足許にある百合沢の左手めがけて、刃を突き立てた。何度も、何度も。骨が潰《つぶ》れる音。指がちぎれるような動きが、島尾の目先をかすめる。

(そうだ。この手が憎かったのだ。これらの指が、信じがたいまでの繊細な線を描き、華麗な色彩を染めあげ、そして百合沢に権力を与え、自分を破滅させたのだ)——島尾は今、その思いに憑《つ》かれた。

彼は右手にも襲いかかった。繰返し切り裂いた。血潮がササユリの蕾にとんだ。

——突然、背後で救急車のサイレンが鳴り響いた。それは島尾の斜め後の方向、百合沢の家の先にある大通りのほうから聞こえ、恐ろしい速さで接近してくる。島尾は全身を硬直させた。——が、やがてまた遠ざかった。

まさか百合沢を救助するために、もう救急車が来るというはずはないだろう。そう考え直して、島尾はいくぶん我に返った。

(逃げなければ……)

樹間はすでに濃い闇に沈んでいた。

島尾は手の甲で額の汗を拭い、血まみれのナイフをレインコートのポケットへしまった。ふらつく足を引きずるようにして、風呂敷包みを置いたほうへ走りはじめた。

3

救急車が表の道路を通過していった。そのけたたましいサイレンの響きは、日暮れ時の町の空気にいっそうの切迫感を加えるかのようだ。

とりわけ今日は事故が多いらしい。

大矢勉は救急処置室の時計を見あげた。六時四十分。約二時間前にこの怪我人をここへ運んできた救急車が、再び別の現場へ呼ばれていく。いや勿論ちがう車かもしれないのだが、ともかく今日は医院の内も外も、何かしらあわただしい。

大矢は患者に目を戻して、

「ハイドロコートン1グラム、ケフリン3グラム、ニコリン1アンプル管注」

「はい」と主任看護婦が注射の準備をする。

髪をざん切りにされた患者は、頭と顔の大部分をガーゼで被われ、頭部には脳波測定用のコードがいく本も繋がれている。喉仏の下が切開されて、ビニールパイプが挿入《そうにゅう》され、ベッド脇の人工呼吸器に接続している。人工呼吸器の赤ランプが点滅し、酸素を送るポンプのジャバラが規則的に上下する。それが今彼の生命をかろうじて持続させているのだ。

救急車で運びこまれた時、彼の右耳から後頭部にかけては、ひしゃげたようになっていた。車に撥《は》ねられたと、救急隊員が告げた。長袖のスポーツシャツにグレーのズボンをはいた、二十五、六くらいの背の高い男だった。

大矢は応急手当てののち、CTスキャンによる頭部断層撮影を行なった。頭の怪我の場合、脳挫創のみか、内部に血腫《けっしゅ》があるかを見極めることが先決である。

血腫は認められなかったので、手術の対象とはならなかった。が、脳の損傷は著しかった。可能な限りの処置をし、脳圧の降下をはかる。酸素吸入は救急車の中から行なわれていたが、呼吸不穏を示しはじめたので、気管切開して人工呼吸器を装着した。

看護婦が注射器をさし出す。

副腎皮質ホルモン、抗生物質、脳細胞賦活剤が、注射針から点滴の管を通して、患者の静脈へ流れこむ。患者はピクリとも動かない。血に染ったガーゼの下から覗いている鼻と顎《あご》のあたりが、うす汚れた壁のように青白い。唇にもまったく生気がなかった。

大矢はベッドの左上にあるモニターを見守った。心電図には不整脈はなく、正常な波形を描いている。脳波の線が平べったい山型を示す。もしその山がもっと低くなって、平坦《フラット》な線になってしまえば、患者は脳死したことになるのだ。それはもう時間の問題だろうと、大矢は判断していた。あれほどの損傷から脳を救うことは、到底不可能であろう。

心電図だけがしっかりしたサイクルを反復している。救急隊員の話によれば、患者は道路を横断中に、疾走してきたトラックに頭から撥ねられた模様だという。怪我は頭部に集中していて、あとは手足に軽い打撲傷や擦り傷が認められる程度だった。身長百七十センチ余りの、がっしりした体格の青年である。心臓も人一倍強健であったかもしれない。

脳が、すでに死に瀕《ひん》しているのに、心臓だけが何事もないように鼓動を続けているというのは、一種痛ましい現象であった。

が、脳がすっかり死んでしまえば、やがて心臓機能も衰え、たとえ人工呼吸器によって十分な酸素を送り続けても、間もなく死に至るのである。

大矢は左手首の脈を改め、その手をそっとシーツの上に横たえた。手の甲の拇指《おやゆび》と人差指の間に、五センチほどの鉤型《かぎかた》の傷跡が認められた。何か運動をしていてスパイクにでも引っかけられたのかもしれない——均整のとれた患者の体格から推して、大矢はそんな想像をした。

彼はベテランの主任看護婦に厳重な観察を指示して、救急処置室を出た。

廊下の長椅子に掛けていた制服警官が歩み寄ってきた。所轄東警察署交通課の巡査で、救急車より少し遅れて医院へ来ていた。

「どんなふうでしょうか」と、若い巡査が尋ねた。

「きわめて重態です」

「意識はまだ戻りませんか」

「いや、それはもう、無理でしょう」

「そうですかあ。すると……身許がまだわからないんですよ」

巡査は長椅子の上に目を投げた。黒革の古びた財布、スウェードのベルトのついた腕時計、チェックのハンカチ、ちり紙、ボールペン——患者の所持品がそこに置かれている。スポーツシャツとズボンのポケットに入っていたもの全部で、看護婦から巡査に渡されていた。

その中に身許を示すものが何もないので、巡査は本人に質問するつもりで待っていたらしい。

それも無理だと悟ると、彼は大矢に、患者の年配、体格などを尋ねて、手帖にメモした。大矢は、逞《たくま》しい体格の割には細面《ほそおもて》で、彫りの深い青年の容貌や、左の手の甲にあった古い傷跡も巡査に伝えた。そのほかに、とりたてて彼の身分や職業を示唆するような身体的特徴は思い当らなかった。

巡査は頷《うなず》いて、

「加害者はもう署のほうへ連れていってあるんですが、その男の話では、被害者は信号のない場所を横断していて、通りすぎるものと思っていたら、急に立ち止って、よろめくような恰好で車のほうへ頭を突っこんできたというんですね。それが事実とすれば自殺かもしれないんですが……とにかくこれで手配してみましょう」

あとは、被害者の指紋をとる仕事が残っている。犯罪者の指紋リストと照合したり、身許確認の資料にするのである。

巡査と看護婦にそれは任せて、大矢は院長室のほうへ歩き出した。

（身許不明か……）

すると、さっき電話を中断したことを思い出した。大学病院脳外科の吉開教授と電話で話していた最中に、救急車が到着したのだった。

運び込まれた患者が身許不明であったことは、その電話とは無関係でありながら、大矢に電話を思い起こさせるある種の因子を含んでもいた。

大矢勉は、人口三百万を擁するこのM市の国立大学医学部を卒業し、十年間はその大学病院の医局に勤務した。現在、国立大学の教授陣の中でもボス的存在と目されている吉開専太郎教授は、大矢が医局に入ったころは講師で、脳神経外科免疫研究室の主任だった。大矢は彼に学位論文の指導を受け、開業後も、厄介な患者を大学病院に引取ってもらったり、不得手な分野の手術には優秀な医局員を派遣してもらい、あるいは開業医になってしまうとかく疎《うと》くなりがちな医学上の新しい知識や情報を与えられるなど、何かと世話になっていた。結婚式の仲人もしてもらった。大矢は現在四十六歳で、評判のいい外科医院の院長であると同時に、吉開教授の影響もあって、臨床研究に熱心な姿勢を持ち続けていた。

彼は、タイトなデザインの半袖の白衣から出ている太い腕を軽く屈伸させながら、廊下を歩いていき、院長室のドアを開けた。さしたる用件が残っているわけでもないが、吉開に電話を掛け直そうと考えていた。さっきはこちらの都合で切ってしまったのだから。

彼がデスクへ歩み寄り、二つ並んでいる電話機の一つへ手を伸ばした時、ベルが鳴り出した。まさに待ち構えていたようなタイミングであった。

受話器を耳に当てた大矢は、

「えっ？」と訊《き》き返し、一瞬に表情が緊張した。

「場所は？……うむ……」

その電話は、医院の代表番号ではなく、院長室直通だった。大矢が個人的に親しくしている相手だけに番号を教えてある。

取り乱した女の声が、彼に救助を求めていた。彼女は動転していて、順序立てた話ができないが、とにかく一刻も早く来てくれと叫んでいる。その場所を訊くと、大通りの反対側だが、ここから約三百メートルあまりの距離だった。

つい十分ほど前に表を通過していった救急車のサイレンが、大矢の脳裡に甦《よみがえ》った。一一九番に通報すれば、救急車が到着するまでは、非常に迅速である。ごく近所の現場でも、医者が準備して駆けつけるより大抵早いのだ。しかしながら、もし管内の消防署の救急車が出払ってしまっていた場合には、条件がちがう……。

「わかりました。ぼくが行きましょう」

大矢は決断して答えた。

詰所にいた看護婦二人に声をかけて、裏庭へとび出した。そこに彼の中型車が駐《と》めてあった。日暮れの遅い五月末の一日も、ようやく夜の闇に塗り包まれていた。

消えた人

1

「身許不明の男性死体の照会が、一昨日一人、県警本部から廻ってきてたですがね。交通事故だそうですけど」

防犯係長が人慣れたやわらかな口調でそういった時、かえってズキリとする予感が杉乃井滝子の胸を走り抜けた。

滝子はそれを振り払おうと息を吸いこんでから、

「その人は、いくつくらいの方でしょうか」

「推定年齢二十五、六歳と書いてあったと思いますがね。一応照合してみましょう」

係長が軽く頷くと、傍らで手配書の用紙に記入していた巡査がボールペンを置いて立ちあがった。照会書類を取ってくるためか、衝立《ついたて》の外へ出ていった。

係長は机の上の用紙を手にとって、自分のほうへ向けた。「家出人捜索願」と最初に印刷されている。

〈姓名――瀬川聡《さとし》。昭和二十八年四月二十一日生（二十六歳・独身）〉

〈本籍〉はこのS市から電車で一時間ほど南へ下った海辺の町で、〈現住所〉にはS市内のアパートが記入されている。

〈家出年月日――昭和五十四年五月二十七日〜二十八日。

人相特徴――身長一七六センチ、面長、髪はやや茶がかっている。体格がいい〉

〈服装、所持品〉の欄からまだ空白になっていた。

「――叔母さんなんかといっしょに、アパートの中を一応調べてみたわけですけど……確かグレーに縦縞《たてじま》の背広があったはずなのに見当らないので、それを着て出たんじゃないかと……でも、はっきりとはわかりません。ふだんからネクタイはしめないで、上衣の下にはスポーツシャツなんか着てました」

係長の視線に促されると、滝子はさっき答えかけていたことを、少し震える声で口に出した。係長は瀬川の人相特徴まで聞き、つぎには服装などを尋ねながら、身許不明死体の照会に思い当ったらしかった。それは瀬川の条件が照会の内容と合致していたからではないのだろうか……？

「仕事は何をしていた人ですか」

「建築設計事務所に勤めてました」

滝子は事務所の名と町名を告げた。総勢五人の小ぢんまりした設計事務所だが、人口二十万あまりのS市の中では、案外めずらしい存在かもしれなかった。瀬川は、ここから電車で四十分ほど北に行った県庁所在地のM市にある公立大学の建築科を卒業したあと、三年前からその事務所で働いていた。同じビルの二階にある会計事務所に勤める滝子と付合いはじめたのは、一年半ほど前のことだ。

「五月二十七日から姿が見えないというと……今日で四日目になるわけだね」

係長は指を折って数えた。

「ええ。たぶん二十七日の日曜にアパートを出たっきりじゃないかと思うんですけど……」

日曜日には、滝子は午後二時に喫茶店で瀬川と待合せして、いっしょに映画を観る約束をしていた。瀬川の好みのミュージカルがかかっていたからである。ところが、彼は一向に現われなかった。アパートへ電話しても出ない。映画の時刻になると、滝子は先に劇場へ入った。彼は遅れてくるのだろうと考えていた。だが、映画が終って場内が明るくなっても、彼の姿は見えなかった。滝子はもう一度彼のアパートへ電話を掛け、やはり出ないので、そのまま家に帰った。今にして思えば、多少の胸騒ぎを覚えぬわけでもなかったのだが、行きちがいになった彼が夜家へ来るかもしれないくらいに軽く考えてもいた。その晩は妹が友だちをつれてきて家でいっしょに夕食し、とりまぎれてしまった……。

「月曜日に彼の設計事務所に尋ねてみたら、欠勤しているということで、そのまま休んでいるわけですから、もしかしたら月曜からいないのかもしれません」

「瀬川さんはアパートで一人住まいだったわけですか」

「そうなんです。実家はその本籍地の近くにあるんですけど、両親はもういなくて、お兄さんが後を継いでらっしゃるという話でした。市内には叔母さんも住んでるんですが、あんまり行き来してなかったみたいで……それで、設計事務所の所長さんが、水曜日に私のところへ叔母さんの住所を尋ねにいらして……私は一度教えてもらったことがあって知ってたもんですから、所長さんを案内して訪ねていったんですが、叔母さんのほうにも来てないということで……」

その前には、所長が瀬川の実家へ問合わせていたが、やはり音沙汰がないという返事だった。水曜の夕方には、アパートの持ち主を呼んできて、瀬川の叔母、設計事務所の所長、それに滝子も立会って、合鍵で瀬川の部屋を開けた。室内は無人で、とくに変った様子も認められなかった。

もう一晩待ち、五月三十一日木曜日の今日、所轄署へ捜索願を出すことになった。所長が実家の兄と相談して決めたようだ。本来ならその人か、市内にいる叔母とか、肉親が届けを出しに来るべきものだろうが、どちらも口実を設けて、所長に押しつけてしまった様子でもあった。瀬川の実家は農業と、商店もやっているらしいが、わけあって、彼は家族の誰とも血の繋がりはないと、滝子は聞いたことがあった。

設計事務所の所長も、今朝はあいにく起工式があるとかで、防犯係長にあらましの事情を伝えると、くわしい説明は滝子に任せて引揚げてしまっていた。

「まあ、これが未成年者とか精神異常者とか、あるいは自殺の恐れが濃厚であるという場合には、緊急な手配が必要になってくるわけですが……どうなんでしょうか、家出の原因として、何か思い当る節はありますか」

係長は捜索願の用紙を元の位置に戻して、滝子のほうへ身体を捻《ひね》った。

「はい……もしかしたらあの人、ノイローゼになっていたのかもしれないと思うんです。もっと気をつけてあげればよかったんですけど……」

滝子はふいに涙ぐんで唇をかんだ。自分の立場で、そんないい方は僭越《せんえつ》というべきかもしれない。妻や正式の婚約者とかいうわけでもないのに。——でもやっぱり、自分はいちばん彼の身近にいたのだ、彼がありのままの心をさらけ出せた相手は自分一人だけだったという思いを、彼の失踪《しっそう》以後、滝子は否応なく実感していた。

「ノイローゼといわれると、仕事のことかなんかですか」

「ええ。ぼくはこの職業には向かないのかもしれないなんて弱音を吐いてましたし、近頃は現場に行くのが怖いとか、所長にいわれて構造計算を出したあと、まちがってなかったか心配で眠れないとか……」

もし、瀬川がふだん陽気で朗らかな性格であり、それが急に沈みこんだのであれば、周囲の誰しもが怪訝《けげん》に感じたかもしれない。しかし、彼は元来、思索型の物静かな青年だった。いたってデリケートな感受性の持ち主で、それは彼のがっしりと逞しい体格とは、およそ対照的なのだった。心の鬱屈を訴える時、彼は長い背中を丸めてうなだれ、低いやわらかな声で喋《しゃべ》った。ことば少なに話し終えると、ちょっと照れくさそうに、また寂しそうに笑っていた。でもそんなふうだから、苦悩がどれほど深く彼の精神を苛《さいな》んでいたのか、滝子は思いやることをうっかりしていたのかもしれない……！

「瀬川さんはもともと、図面を画くのが好きで建築科を選んだそうですけど、ああいう小さな事務所に入ると、いろんなことをやらされます。個人住宅なんかでは現場監督になって、工務店の荒っぽい大工さんを指図しなければならないし、施主から文句をいわれたり、事務所へ帰れば所長に叱られるし、三方から責められて、とても気の弱い人間には勤まらないなんてこぼしてました……」

滝子は今さら胸を衝かれる気持で、最近瀬川から聞いていたトラブルを思い起こした。彼が内装と設備を任されていた住宅で、施主のクレームが出ていたのだ。造りつけの簞《たん》笥《す》の幅が最初の依頼より狭くて、着物を三つ折にしなければしまえないという。施主の夫人は日本舞踊の名取りで着物は大切な財産なので、それは由々しい問題らしかった。

まちがいの因《もと》は瀬川の計算ミスであり、施主は設計事務所の責任で造り直せという。もめた揚句、結局それでことを納める以外になさそうな形勢になっていたのだ……。

「現場へ出る気力を失くしかけていたところへ、自分のミスで設計事務所に損害をかけることになって、いよいよ自信喪失していたのかもしれないんです。もうとてもやっていけないと思い詰めて……」

「それでノイローゼみたいになって家出したということですか」

「ええ……」

「となると、自殺の恐れもあるわけですねえ」

係長はむずかしい顔になって、首をひねった。滝子は目を伏せ、すると手配書の〈人相特徴〉という活字が視野に映った。

(そうだわ。もっとはっきりした特徴があった……)

瀬川の左手の拇指《おやゆび》と人差指の間に、鉤型にカーブした傷跡があった。ビル工事の現場にいて、土工の喧嘩のとばっちりを受けてガラスの破片で怪我をしたと、瀬川は話していた。まだ滝子が彼と知合う以前の出来事だ。

瀬川聡のかなり決定的な目印《マーク》に思い至った時、再び暗い怯《おび》えが滝子の胸を圧した。

さっきの若い巡査が戻ってきた。

「念のために県警本部の担当者に電話を入れて、くわしく聞いてきました」

彼は「家出人捜索願」の上に、「身許不明死体」の書類を重ねた。

2

「どうですか、わかりますか。こういう写真になると、大分感じがちがうかもしれませんが」

机の上にファイルを開いた中年の係官が、やがて滝子の視線をすくいあげるようにして訊いた。

滝子はなおいっとき、目をそらすまいと必死に瞼《まぶた》を開いて、そこに貼られている生々しいカラー写真を凝視していた。

「この人は、五月二十八日の午後四時十五分ごろ、東区高木町交差点付近の広い道路でトラックに撥ねられたんですね。加害者が一一九番して、すぐ救急車で近くの大矢外科へ運びこんだのですが、頭を打っていて、二十九日の午前八時ごろ死亡されたということです。こちらでは事故の直後から被害者の身許を捜しておって、二十九日の午後には身許不明死体として、県警本部から県内各署に照会したわけなんですが……」

瀬川聡の捜索願を受付けたS市の警察署の防犯係が、県警本部へ念のためくわしく問合わせたところ、照会の死者の年配、体格、その他の条件も瀬川と符合し、彼である可能性が強くなってきた。そこでS署では滝子に、その事故を直接取扱ったM市東警察署へ出向くように指示した。そちらへ行けば、死者の写真、指紋、所持品などが保管されているので、もっとはっきりわかる。それでも死者の様相がすっかり変っていて確認しきれないようなケースもたまにはあるので、瀬川の最近の写真や、手に入れば指紋なども用意していったほうが、好都合かもしれない……。

滝子は、起工式から戻ってきた設計事務所の所長にわけを話し、瀬川の実家や叔母とも相談してもらった。その結果、今度はさすがに、実家の兄がM市へ赴くことになった。が、瀬川の写真や指紋などを持参する役目は滝子に依頼された。それに、兄は長らく瀬川に会ってないので、警察で最近の彼の様子など問われても、くわしく答えられないのである。S市にいる叔母は高血圧で、とてもM市まで行って遺体に対面する自信はないと、最初から断わっていた。

滝子は設計事務所にあった瀬川の写真と、彼が手がけていた設計図を預かった。そこには彼の指紋が付着しているはずである。

M市の東警察署には、午後三時ごろ着いた。瀬川の兄はまだ来ていなかった。

S市の警察から連絡がなされていて、滝子は署内の小部屋へ通された。

交通課の係官は、すぐに確認資料のファイルを取り出してきて、滝子に写真を見せた。それがいちばん手っ取り早いと考えたのであろう。

五枚のカラー写真のうち、三枚は同じ男の顔だった。正面と左右からの横顔で、どれも目を閉じている。頭部にガーゼが当てられ、額と右耳のあたりには赤い傷跡がいくつか、むごたらしく露出している。西欧風の高い鼻梁とつまんだようなうすい鼻肉、下唇がひっこんで、すぼまった感じの口許、閉じた瞼の下には澄んだ眩《まぶ》しそうな眸《ひとみ》が沈んでいるはずだが……それを見なくても、写真の男が瀬川聡であることには、疑いの余地がなかった。

「まちがいありません……」

滝子はようやくかすれた声で答え、ハンカチで鼻と口を押さえた。

「そうですか」

係官はホッとしたように息を吐いた。

「これが衣服と所持品ですが」

ほかの二枚の写真を指で示した。えんじとブルーと白との縦縞のスポーツシャツ、グレーに細い縞の入ったズボン、黒革の財布、焦茶のスウェードのベルトのついた国産の腕時計などが写っている。どれも滝子には見憶えがあった。

「上衣は着てなかったのでしょうか」

「ええ、なかったみたいですね。上衣があれば、ふつうポケットに手帖や定期券などが入っていて、それから身許が割れるんですがね。家を出る時は着ていたわけですか」

「アパートに見当らないので、着てたんじゃないかと思うんですけど……」

「じゃあ、どこかに置き忘れたんでしょうかね」

上衣を失くした瀬川が、蹌踉《そうろう》とした足どりで道路を横切っていく姿が、滝子の瞼をかすめた。

「トラックに撥ねられたというのは、どんなふうに……？」

「加害者の主張によれば、この人が信号のないところを横断していて、急にとびこんできた恰好だというんですね。目撃者の話なんかも総合して、まあそういった状況ではあったようです。それにしても、被害者の身許がわかった段階で、書類送検になると思いますが。三十すぎの運転手ですよ」

「頭を打ったんですか」

「ええ、頭からぶつかった形ですからね。身体はほとんど無傷だったそうですが、頭をやられてしまうとねえ……」

係官は自分の後頭部に掌をあてがって、痛ましそうに顔をしかめた。

「しかし、その代りといってはなんだが、全然意識が戻らないままで亡くなってますからね。本人にとっては苦しみは少なかったわけでしょう」

滝子は、知らぬ間に頬に流れていた涙を拭って、けんめいに心を引締めた。

「遺体には、こちらで会わせていただけるのでしょうか」

すると係官は、ちょっと瞬きして、

「ああ、いや、遺体は警察にはありません。火葬場のほうに運んでありますから」

「火葬場へ……？」

「身許不明のまま亡くなってしまった場合には、しばらくは病院に置いて身寄りを捜すわけですが、それでも見つからなければ、そこからは市の福祉事務所の管轄になりましてね。福祉事務所の人が病院へ遺体を引取りにいって、市営火葬場の冷凍室へ入れておくんです。そこなら長い日数置けますから」

従って、遺体の確認は、火葬場の冷凍室で行なうのだそうであった。

四時すぎに、瀬川の兄がやってきた。三十七、八くらいの角張った顔つきの男で、聡とはまるで似ていなかった。滝子と顔を合わせると「どうも、ご迷惑をかけます」と、低い声で挨拶《あいさつ》した。ことばとは裏腹に、細い白っぽい目が滝子を胡散《うさん》くさく見ているようにも感じられた。

瀬川の兄も写真を改めて、弟にまちがいないと認めた。

滝子は、瀬川の勤め先から写真と設計図を預かってきていることを係官に話したが、指紋を照合するまでの必要はないだろうと、彼は答えた。

係官が付添って、瀬川の兄と滝子は警察の車に乗り、火葬場へ向かった。

交通量の多い市街地を抜けるのに、かなり時間がかかった。

やがて川を渡り、堤の上をしばらく走った先が、目的地であった。広い駐車場の奥に、比較的新しいうす茶色の建物が三棟配置され、緑の山をバックにして高い煙突がそびえ立っている。稜線の上には淡い黄昏《たそがれ》がひろがりはじめていた。

車は正面の建物の前で停り、係官が先に立って入っていった。

彼がロビーにいたグレーの制服を着た職員に何かいうと、その人がすぐに案内するように歩き出した。階段をおりる。

地下はほの暗く、ひんやりとしていた。心なしか、屍臭が漂うような気がした。別の職員が現われて、彼が「霊安室」と札のついている鉄の扉を開けた。同時に、湿った冷たい空気が流れ出てきた。

電灯の点った室内全体が冷凍され、白く烟《けむ》ったように見えた。台の上に、棺が三つほど置かれている。職員が右端の一つを指さして、中へ入った。東署の係官、瀬川の兄、そして滝子が続いた。

火葬場の職員が、棺の蓋《ふた》を開けた。

白布をはぐと、瀬川聡の顔が現われた。ほとんど灰色に近く、硬く凍《こご》えて、生前より一まわり頬がこけたように見えた。うすく目をつむり、鼻と口には綿を詰められている。頭部と眉の上まで包帯で包まれ、頸にもガーゼが巻かれてあった。身体には寝巻らしいものが着せられた上で、ブルーのシーツがかけてあった。肌が露出しているのは、顔だけだった。顎や小鼻のわきに、斑点が浮き出していた。

「確かに、弟です」

兄が暗鬱な声でいって、二、三度頷いた。それで職員は、顔に布をかけ、棺の蓋を閉めた。

一行はまた順に階段をのぼって、ロビーへ戻った。滝子は時折よろめきながら、追われるように従っていた。

「そうしましたら、これから福祉事務所のほうへ行って、遺体引取りの手続きをしてもらいますから。遺品もそちらに保管されてますので」

東署の係官が瀬川の兄に告げた。

三人は車へ戻り、再びスタートした。

滝子は身体をドアに寄せ、両手で口を押さえていた。時々すすり泣きが指の間から洩《も》れた。棺の中に瀬川の顔を認めた瞬間から、思いがけないほど激しい感情が噴きあげて、抑えきれなくなっていた。彼の死を、もう絶対にとり返しのつかない事実として、認識させられたからだろうか。そして、棺の蓋が閉められる前に、走り寄って遺体にとりすがりたい衝動に駆られた。そうしなかったのは、自分は彼の妻でも肉親でもないのだという自制が、かろうじて思い留まらせたのである。

滝子の瞼には、なぜか、ランニングシャツやトレーナーを着けた瀬川の姿がつぎつぎに浮かびあがっていた。がっしりとした胸、すらりと伸びた四肢。高校から大学にかけて、彼はテニスや水泳などのスポーツをやっていたので、肩や腕の筋肉は、盛りあがって引締っていた。均整のとれた美しい肉体だった。まったく、繊細すぎて脆弱《ぜいじゃく》とさえ感じられた彼の精神とは対照的に。もう一度、あの強い腕に抱きすくめられ、豊かな厚い胸に顔をすり寄せたい。でももう、それは決して望めないのだ。彼の肉体は、ああして凍えて、間もなく滅びてしまうのだから。――そんな思いが、暗い悲しみを果てしなく誘い出した。

福祉事務所に着いたといわれて、滝子はコンパクトで顔を直した。

今度はそこの職員が二人で、滝子たちを「相談室」と書かれた小部屋へ案内した。いったんひっこんだ職員の一人が、瀬川の兄を呼びにきた。遺体と遺留品の引取書に記入して印を捺《お》してほしいということだ。瀬川の兄と東署の係官が立っていった。

しばらくすると、別の職員が黒っぽい風呂敷包みを携えて、相談室へ入ってきた。五十がらみの、小柄な人だった。

彼は、風呂敷包みをテーブルの上に置いて、滝子の斜め横に腰かけた。滝子しかいない室内にチラリと視線をめぐらせてから、

るようだ。

「このたびはどうもご愁傷さまでした」と挨拶した。彼は滝子も瀬川の身内と考えてい

「お世話になりました」と滝子も頭をさげた。

「いや、実はわたしが、葬儀屋の車を呼んで、病院まで遺体を引取りにいったんですがね。まだお若いのに、気の毒なことでしたねえ」

「はい……でも、本人は意識のないままで亡くなったそうですから、せめてそのほうが……」

滝子の瞼の奥を、再び瀬川の健康な肉体がよぎってすぎた。

「頭を打っただけで、身体はほとんど無傷だったそうですね」

職員はいっとき口をつぐんで、滝子を見返したが、

「まあそうはいっても、車に撥ねとばされたわけですからね。大分傷を受けてはいたようですが……」

彼はいわずもがなの話を打ち切るように、風呂敷包みへ目を移した。

「亡くなった方の着衣などをこちらで保管していましたので……」

彼が包みをほどくと、瀬川のスポーツシャツとズボンが現われた。警察の写真に撮られていた服である。下着や靴下なども、ビニール袋の中にまとめてあった。

「あと、これが所持品ですね」

職員はハトロン紙の大型封筒の中から財布や腕時計を取り出して並べた。最後に封筒

の中を覗《のぞ》き、手をさしこんで何か小さな物をつまみ出した。それをテーブルの上に置いた。

指輪であった。プラチナか何かの銀色の結婚指輪で、かなり古いものらしく、光沢がくすんでいる。

滝子は思わず手にとった。

「これは……?」

「仏さんのでしょう?」

「指にはまっていたんですか」

「そうじゃないですかね。大矢外科から着衣と所持品もいっしょに受取ってきたわけですが、その中に混じっていたんですから」

滝子は不思議なものを見る思いで、指輪を目に近づけた。瀬川がリングなどはめていたところは見た憶えもないし、はめる理由もなかった。少なくとも滝子の知る限りでは——。

3

島尾丈己は、百合沢錬平の工房とは反対側から、雑木林へ歩み入った。

市の東端部になるこの一帯は、百合沢が移ってきた約十年前ごろまでは、ほとんどが樹林に被われていた。自然の写生を仕事の基本に据えていた百合沢は、市街地の中心にあった工房を引払って、林に囲まれた土地に新しい仕事場を造った。

ところがその後の十年間で、付近は急速に開発されてしまった。高速道路のインターに通じる広い道路が走り、両側の広大な傾斜地は、新興住宅地の景観を呈しはじめた。樹林は見る間に姿を消して、百合沢の工房の周囲では、北側の一部に残るだけとなった。が、その雑木林は、さほど広くない割に、内部には多種類の草木が生い繁り、上ったり下ったりの変化もあるので、恰好の散歩道として百合沢を満足させていたものだった。

仕事着のシャツの下にジーンズをはいた島尾は、うつむきかげんに、重そうな足を運んでいた。曲りくねった土道の脇に、ほの暗い叢《くさむら》や窪地のようなところがあると、ちょっと覗きこむが、すぐに怯《おび》えたような目を足許へ戻した。

足許はまだほの明るく、彼の汚れたスウェードの靴先や、雑草や小石なども、はっきりと見分けられる。もう六時を大分廻っているのだが、これから夏至まで、いちばん日の長い季節である。

(あの時は六時四十五分だった……)

熊笹の上に置きすてた風呂敷包みを掴みとって林を走り抜け、外の道路に出て腕時計を見た時の針の形が、奇妙に鮮やかに、島尾の網膜に焼きついている。

大通りの方向に救急車のサイレンを聞いて、百合沢のそばを離れる時には、決して証拠品を残さぬようにと気をつける程度の落着きを取戻していたつもりだったが、やはりおそろしく動転していたのにちがいない。返り血に染まったレインコートを着たままで走っていたのだから。外の道に出る間際に気がついて、あわてて脱ぎ、それで手も拭って風呂敷の中へ押しこんだ。百メートルほど先には通行人も歩いていたのだから、危ない話だ。もっともあたりはもうかなり暗くなっていたので、こちらを見ても何も気がつかなかったかもしれないが。

今はまだずっと明るい。時刻もあの時より早い上、まる一週間すぎて、それだけ日没も遅くなっている。

島尾は腕時計をかざした。六時二十四分で、日付は六月四日月曜日を示している。何度見ても同じことだ。あれから、まちがいなく一週間が経過したのだ。

人気《ひとけ》のない林の奥へ進み入るほどに、島尾は息苦しくなり、肌着の下には冷たい汗が滲み出てきた。今にもその辺に、グロテスクな腐乱死体が現われるのではないかと考えると、もう周囲に目を配る気力も失せている。引返そうか、と何度も思うが、抗《あらが》いがたい力に吸い寄せられるように、島尾の足は土を踏みしめて前へ進んだ。

おそらく、百合沢の死体は、まだあの同じ場所にうちすてられているのではないだろうか。とすれば……この一週間は、梅雨のはしりのような湿っぽい天候が続いていた。小雨の日が多かった割に、蒸し暑かった。死体はひどく腐乱しているにちがいない。もしかしたら顔の見分けもつかないくらいに。その有様を想像して、島尾は胃の底から酸《す》っぱい液がこみあげてくるのを覚えた。

しかし、それは、自分にとって、願ってもない幸運な成行きのはずである。

またそれ以外に、現在のこの事態を説明する方法があるだろうか。五月二十八日の夕方、島尾は百合沢錬平を殺した。刃渡り十センチもあるナイフで、内臓の至るところをメッタ突きにした。百合沢は血まみれで倒れ、靴先で蹴っても、何の反応も示さなかった。あまつさえ、島尾は憎しみあまって、彼の両手をズタズタに切り裂いてきたのだった。

というのに、まる一週間たった今日になっても、百合沢の死はまったく報道されないばかりか、変事が人の噂にのぼるわけでもなく、刑事が動いているような気配すら感じられないのだ。

あの日、島尾は百合沢家の母屋を避け、誰にも会わずに工房へ上りこんだ。もしかしたら、百合沢の妻は旅行にでも出掛けていて、三人いると聞いている通いの弟子たちも何かの都合で休み、あの家には百合沢一人しかいなかったのではないか。それで、彼の死はまだ誰にも気付かれていないのではないだろうか。自分の来訪は百合沢以外には知られていなかったはずだと、島尾は自宅へ逃げ帰る道すがら、心の中でいく度も確認していたものだ。

しかし、夫に献身的な賢夫人という評判の苑子夫人が、百合沢をおいて一週間も家をあけることなど、めったにないはずなのだが。

いっそあの日の行動は、すべてが幻覚だったのかもしれないなどと、島尾は無理に思ってみたりもする……。

しばらく下り勾配《こうばい》だった道が、少し上りにかかり、カーブしている角のあたりが、〝現場〟だった。樅の大樹が目印だ。

(戻ろうか?)

再び強い躊躇《ちゆうちよ》が働く。だが……今日こそは現場の状態をこの目で確かめるために、危険をおかして出掛けて来たのだ。

島尾はいよいようつむいて、そろそろとのぼった。

ササユリが一輪、白い大きな花を開いていた。花が目に入った途端に、彼は思い出した。あの時はまだ蕾だった。俯《うつぶ》せに倒れた百合沢の手が、まるでそれを必死に摘みとろうとしているかのように、前にのびていた。その指に向けて、島尾は繰返しナイフを振り下ろした。血潮が白い蕾に飛んだ……。

すんなりと開いている花弁の一つに、返り血の跡かと思われるうすい汚点が認められた。

島尾の目が地面に走った。褐色の土の上に、確かにそれらしいものが……もうすっかり滲みこんで、血とはわからないかもしれないが、どす黒い地図のようなシミが、そこここに、島尾の靴の下にもひろがっていた。あの日の血痕にちがいない!

もとよりあれが幻覚であったはずはないのだ。

しかし、百合沢の死体は、そこにはなかった。

島尾は夢中であたりを捜した。樅の木の周りを一巡し、繁みをかき分けてみた。

だが、見当らなかった。

島尾は蒼白な顔で立ちつくしていた。

死体がこの場所にありながら、一週間も誰にも気付かれずにすんだなどと、そんな僥《ぎょう》倖《こう》もやはりあり得なかったのだ。夫人も弟子たちも偶々《たまたま》留守をしていたなど、自分はなんと虫のいい状況を想像していたことか。

もし死体があのままここに転がされていたならば、いつまでも散歩から戻らぬ夫を気遣って、夫人は林の中へ捜しに入ったにちがいない。するとたちまち死体を発見し、一一〇番に急報し、事件はあの日のうちに表沙汰になっていたはずなのだ。

では、どこがちがっていたのか？

苑子は死体を見つけられなかったのだ。

なぜ――？

野犬の仕業だろうか……？

島尾は間もなくそれに思い当った。今日この林へ入る前から、漠然とそんなケースも意識の隅に想定していた。だから、思いがけぬ道端や窪地に無残な死体が転がってはしないかとビクビクしていたのだ。

この一帯には、昔から野犬が多い。獰猛《どうもう》な野犬の群が下校途中の小学生を襲ったというニュースも聞いた憶えがある。

島尾が逃げ去った直後に、野犬が血の匂いを嗅ぎつけて集まり、死体をどこかへひきずっていったとしたらどうか。

一方苑子夫人は、夫を捜しにきたが、もう暗くなっていて、血痕には気付かずに引返した。百合沢はいつまでも帰ってこない。となれば、彼女は警察に捜索願を提出しただろう。しかし、一般の家出人とちがって、百合沢は地位のある染織工芸家である。警察も彼の名誉を慮《おもんぱか》って、内密に行方を捜しているのではあるまいか……？

とすれば――自分はこのままジッと息をひそめていればいい。もし警察から問合わせがあっても、素知らぬ顔でとぼけていることだ。少しでも百合沢の消息を知りたがっているような行動こそ、禁物であろう。事件後三日たち四日たつうちに、島尾は百合沢の工房へ電話をかけてみたい衝動に駆られた。が、いつもダイアルを廻す段で、恐くなってやめた。やめたのは賢明だったのだ。どんなことが容疑を受けるきっかけを作らぬとも限らない。

このままひたすらなりをひそめていれば、日がたつほどに、野犬に食いちぎられた百合沢の死体はいよいよ腐乱して、いずれ発見されるころには、ナイフで刺された跡も鑑別不可能になっているかもしれないではないか！

蒼白にこわばっていた島尾の表情が、知らぬ間に緩《ゆる》んでいた。血の気すらさしてきた。彼は急に胸の重圧がほぐれて、久しぶりに新鮮な空気が流れこんできたような気がした。

百合沢の工房を覗いてみたい。ふと誘惑に惹《ひ》かれた。勿論誰にも見つからぬように、林の中からそっと様子を窺うだけだ。

もう少しのぼると、百合沢家の庭の出入口になる柴折戸が見えた。手前にある大きな紫陽花は、青紫からうす桃色に色を変えていた。

島尾は紫陽花の陰に隠れるように腰を屈めて、庭先をすかし見た。

工房の前のセメント敷きの場所に、張り板が立てられ、反物が干してあった。染料か糊を入れるポリバケツが二つほど出ている。この前島尾が工房を去る時にはなかったものだ。するとあの事件後も、弟子たちが通ってきて、仕事を続けているということか……？

暮れかけた庭先に、人影は絶えていた。弟子たちはもう帰っている時刻である。工房はひっそりとして、灯りも点ってはいなかった。

島尾は母屋のほうへ目を移した。長い縁側のついた和風の家で、座敷には蛍光灯が輝いている。ガラス戸がなかば開いていて、今にも中から家人が姿を現わしそうな気配――。

縁先の石に視線を落とした島尾は、突然鳩尾を一撃されたようなショックを覚えた。平たい靴脱ぎの石の上に、百合沢の下駄が揃《そろ》えてある。そればかりか、よく見ればその横にステッキも……あの日も彼が携えていた赤茶色の桜のステッキが、縁側に立てかけてある……！

そういえば〝現場〟には下駄もステッキも残っていなかった。野犬が百合沢の死体をひきずっていったと仮定しても、ステッキや下駄まできれいに銜《くわ》え去るはずはなかったのだ。

それらは百合沢の家に戻っている。まるで何事もなく、今にも彼が同じステッキをついて散歩に出るつもりでいるかのように……！

数秒ののち、島尾は喉奥から異様な声を洩らし、ほの暗い樹林の奥へ走りこんでいた。

大学病院

1

南病棟七階特別室の磨き抜かれたガラス窓から、あふれるばかりの明澄な陽光がさしこんでいる。ベランダに並べられた観葉植物の葉が乾いた風にそよぎ、そこから見下ろせる神社の森のほうから、ツクツクホーシの声がかすかに流れてくることさえあった。M市にある国立M大学医学部附属病院は、市の南部の閑静な住宅街の一画に、贅沢《ぜいたく》な広さの敷地を擁して建てられている。近くには公園や神社なども多く、市街地の中では季節の推移をまだ身近に感じとれる環境であった。

ホテルのスゥイートルームと同じような二間続きの病室の出入口で、紺野副社長と彼の秘書の中西が、多賀谷の妻に挨拶している声が聞こえた。ありきたりの台詞《せりふ》を並べているだけだが、独特の鼻声となめらかな口調には、内心の満足が隠しきれずに顕《あら》われ出ているように、多賀谷には感じられてならない。

ベッドに仰臥している多賀谷徳七は、歯をむき出して唇を噛みしめ、身内に満ちているさまざまの苦痛に耐えていたが、副社長らが辞去してドアの閉まる音が聞こえた途端に、低い呻《うめ》きと共に溜まっていた息を吐き出した。

「ちょっと揉《も》んでくれ」

付添婦に命じると、彼女は素早くベッドへ歩み寄って、夏掛けの下へ手を入れた。腰から大腿部を揉みほぐされながら、多賀谷はもう一度「ああ……」とかすれた声を洩らした。

その声に誘発されたように、再び絶望的な恐怖が湧き出してきた。全身のこの極端な倦怠感《けんたい》、右脇腹のたえまない鈍痛に加えて、このごろではひどい関節痛が、日毎に強まるばかりだ。すでに来るところまで来てしまったのではないか。苦痛なしで目醒《めざ》めていられる時間など、自分にはもう二度と与えられないのではないだろうか……？

妻の房江が戻ってきて、枕元で覗きこんだ。

「お疲れになったでしょう？」

「……」

「喉が乾いたんじゃありません？　メロンかパパイヤでもあがってみます？」

多賀谷は瞼の動きだけで、いらないと意思表示をした。

来客中は隣室で待っていた看護婦も近づいてきて、

「もう少し食欲が出ないといけませんね」と、首を傾《かし》げるようにしていう。が、多賀谷には食欲どころか、どんな好物でも、今はもう見るのもいやだった。看護婦にしても、そんなことは百も承知だろう。自分の周囲の誰も彼もが、心にもない無意味なことばを口に出しているような気がする。

「紺野さんにも、しばらくご遠慮していただきましょうか。あなた無理なさるから、あとがお疲れになるみたい」

看護婦の手で点滴が再開されるのを見守りながら、房江は不満そうに呟《つぶや》く。最近では、親しい友人にさえ会うのを億劫《おっくう》がって、見舞いを断わることもあるのに、会社の副社長が訪ねてくると、ベッドの上で身体を起こし、点滴を中断させてまで相手になる多賀谷の意地が、房江にはとても理解できないのだろう。

しかしそれでかえって、彼の目に光がさした。

「徳一郎は、今日は来るのか」

長男のことを尋ねた。

「ええ、お昼から会議があって、それをすませて、新館のほうをちょっと見てからこちらへ廻るといってましたから、四時くらいかしら」

「そうか」

多賀谷は壁のカレンダーへ、首をめぐらせた。過ぎた日には×印をつけさせているので、今日が何日であるかはすぐにわかる。九月四日火曜日だから、彼が入院してから約二箇月半になるわけで、新館の建築工事もおよそ外装が出来上った段階のようだ。

新館が落成した暁の、ホテル全体の模型が、病室の多賀谷にも見える位置に置かれている。明るいクリーム色の二十階建て三棟が微妙な角度の美しい放射線状に配置され、中心をなす円筒のトップに、ホテル・ニューオリエントの社旗がはためいている。

現在はまだ二棟しか営業していない。その本館を新築したのが十六年前だった。それだけでも当時この地方では最大の規模となり、斬新なデザインや近代的な設備が注目を浴びて、マスコミにもたびたび紹介されたものだ。また同時に、その後の経営がうまくいくかどうか、ワンマン社長といわれる多賀谷の手腕が問われていた。

幸いホテル・ニューオリエントの業績は順調に上昇した。そればかりか、この十六年間に、多賀谷は県内の観光地に、二つのアネックスを造った。

ホテル・ニューオリエントの本館を建てた時、あと一棟の新館の青写真も、すでに多賀谷の頭の中に描かれていた。それを加えてはじめて、ホテルは完成し、彼の夢は実現されるといえるのだ。

資金繰りと用地買収は一昨年夏までに終り、その年の十月からいよいよ新館着工の運びとなった。ところが、完成まであと半年という今年の六月、多賀谷は病いに倒れた。

また点滴がはじまり、看護婦が出ていくのと入れちがいに、穏やかなノックが響いた。

房江が立っていった。

「あら、先生——」といった声が聞こえ、やがて房江がベッドのそばまで歩み寄ってきた。

「あなた、吉開教授がお見舞いに……」

「ほう、それは……」

吉開専太郎が、仕立てのいいスーツをすらりと着こなした姿を病室へ現わした。

「失礼してよろしいでしょうか」

「どうも先生、お忙しいのにいつも気にかけていただいて……」

多賀谷は黄色っぽい顔に力ない微笑を浮かべた。房江が椅子を引き寄せ、吉開は枕元に腰をおろした。

「いかがですか」

「いやあ、ほとほと参っとりますよ」

痛切な本音のこもった苦笑混りの声を、吉開も柔和な微笑で受け止めた。彼は国立大学医学部脳神経外科の教授で、多賀谷より六つ若い五十八歳である。多賀谷は彼と、地元政治家の娘の結婚披露宴で紹介されたのが機縁で、もう十年以上の付合いだった。それで、六月初めに身体の不調に気付き、大学病院で検査を受けようと決心した時には、すぐに吉開に相談した。検査のあと、特別室に入院する段どりを整えてくれたのも彼で、以来彼は一週間か十日に一度くらい、反対側の臨床研究棟にある教授室から様子を見に足を運んでくれた。

「今年はひどい暑さだった割に、秋が早いですからね。これで涼しくなれば、また元気が出てきますよ」

吉開ははっきりしたシャープな目を優しく細め、上品な口許にほほえみを浮かべたままでいった。いかにも患者を扱い慣れた、悠揚とした態度が身についていた。

「いずれは退院できますでしょうかね」

「あまり寒くならないうちのほうがいいでしょうから、十一月初めくらいはどうですか」

「そんなに早く帰れるんですか」

「大丈夫ですよ」

吉開は掛布団の上から多賀谷の腹のあたりに手を置いて、二、三度ゆっくり頷いた。

その自信に満ちた表情を見あげていると、多賀谷の胸の中では、吉開のことばを鵜呑《うの》みに信じたい欲求と、もう先の知れている患者なので教授はこんなに断定的な答え方をするのではないかという疑念と、二つの気持が息苦しくせめぎ合った。

自分は癌《がん》だろうか――？

いや、ただの思い過ごしなのか――？

すべてがその恐ろしい疑いに集約されるのだ。

だが、たとえどんなに頼んだところで、吉開教授が正直に答えてくれるとは考えられなかった。彼は直接の主治医ではないのだし、それに彼は、患者の詰問に動揺して本音を覗かせてしまうような、そんなタイプとは思われなかった。表面的に付合っている限りでは、人格識見共に優れた名医といったソツのない印象だが、彼がなかなかの政治力の持ち主であり、定年を前にして次期学部長選を狙っているとの噂を、多賀谷は聞いたことがある。また、臨床研究者としては、非常に独創的で勇敢な姿勢を持つ人物だという評判でもあった。

多賀谷は吉開に対して、敬意と、ある種の漠然とした共感も抱いていた。

教授が入ってきた時から、付添婦は腰を揉むのをやめて、隣室へひっこんでいた。房江もお茶を淹《い》れるつもりか、厨房《ちゅうぼう》のほうへ立っていく。その後姿を見送って、多賀谷は教授の顔へ目を戻した。せめて自分の切実な本心を誰かに聞いておいてほしいような、急に気弱な心情に捉われていた。

「先生……あなたはいつも私を励ましてくださるが、ほんとのところ自分の病気が何なのか、わたしは疑いを持っておるんですよ。いや勿論、先生方のいわれる通り、ただの慢性肝炎で、わたし一人の取り越し苦労かもしれないんですがね。いっそ家内を問いつめてみようか、それとも平石先生に本当のことを教えてくださいと頼もうかと、何度考えたか知れないんだが、結局そこまでの度胸もないんですなあ。お恥かしいことです」

吉開は、意外なことを聞くといった面持で、やや顔を近づけて多賀谷を見守っていた。

「しかしねえ、先生、わたしはせめてあと一年、一年が無理なら十箇月でもいい、それくらいはどうにか生かしておいてもらいたいと、神仏に祈っておるんですよ。あと十箇月すれば、ホテルの新館がオープンしますのでね。一目でもいいからそれを見て……いや、それは欲というものかもしれない。欲を出せばきりがないのかもしれないが……だが、欲や未練ばかりでもないつもりなのですよ」

「……」

「ご承知のように、うちはわたしの下に副社長の紺野君がいて、息子の徳一郎を専務に据えとります。紺野君もなかなかのやり手ではありますが、それだけになんというか、策士的なところがあってね。わたしの目の黒いうちはさすがに表立った動きもできんでいるが、これでもしわたしに万一のことでもあれば……あの男が段々にわがもの顔で会社を牛耳《ぎゅうじ》るようになることは目に見えておる。徳一郎はなんといってもまだ若い。とても押さえはきかんでしょうから……」

患者が疲れることを恐れて、吉開は少し休ませようとしたが、その前に多賀谷は話を続けた。

「それで会社が発展するものなら、いっそ紺野君にあとを任せてもいいのですよ。しかし、あの男では無理だ。多少経理に通じているといっても、到底社長の器ではない。ビジョンというものがないのですよ。地方に建てたアネックスも、まだまだ軌道に乗るところまでいってませんのでね。このままではよそに食われてしまいますよ。せめて、あと一年、わたしが丈夫でおれば……のちのちのこともどうにか見通しをつけて……」

多賀谷は喘ぎはじめた。げっそり瘦《や》せて頰骨の尖《とが》った黄土色の顔が、異様な白さを帯びてきた。彼はなおも喋ろうとして唇を動かすが、声がもつれて満足なことばにならなかった。

「多賀谷さん、大丈夫ですよ」

吉開はゆったりとした微笑を戻して、もう一度病人の腹のあたりに手をかけた。

「もともとそれほどの病気じゃないんですから。むしろ、あまりお仕事のことを考えつめて、頭を使われることのほうが禁物ですよ。しばらくは休暇をとったつもりで、静養してください」

教授と夫の話を遮《さえぎ》らぬように遠慮していた房江がメロンをのせたお盆をもって入ってきた時、吉開は椅子をずらして立ちあがった。これ以上そばにいると、いよいよ多賀谷を興奮させ、消耗させるだけのようだ。

「くれぐれもよけいな心配をなさらないように。また参りますから」

「先生……」

多賀谷がふいに茫漠とした表情を浮かべた。

「わたしはねえ、六十四歳の今日まで、望むものはすべて手に入れてきましたよ。金もできたし、仕事もまず思い通りに運びました。まったく、大抵のものは叶《かな》えられてきた。たった一つ、命だけです。命だけは、思い通りにならないものなんですなあ……」

多賀谷のか細い声には、人間本来の哀切な歎きがこもっているようであった。

確かに、彼と同じ悲哀を、古今にわたってどれほど多くの人々が味わってきたことだろうか。

(だが、逆の人間もいる)——吉開は反射的に思ったが、口には出さなかった。

2

吉開専太郎は、病棟のカンファレンスルームを覗いた。

折よく反対側から、消化器内科の平石助教授が戻ってきた。四十二、三の小太りで童顔の平石は、多賀谷の主治医であり、吉開の率いる脳外科教室の佃助教授とは同級生の親友だった。そんな関係から、吉開は平石が多賀谷の主治医になるように取計らったともいえる。

平石は会釈したが、その目は吉開が多賀谷の容態と平石の処置を尋ねるためにここへ来たことを察していた。

「今会ってきたんだがね」

「はあ」

「意識はしっかりしているが、腹部膨満が目立ってきたね」

「最近は週に一回穿針《せんしん》して、二〇〇〇ccほど腹水を抜いておりますが……全身衰弱が激しいようです」

「ああ、大分弱っているね」

「ここ数日まったく食欲を失くして、水分摂取がやっとの状態ですから」

平石に続いて、吉開が室内へ入ると、居合せた若い医師らが彼に目礼を送った。多賀谷は彼の紹介患者であり、彼が気にかけていることもわかっているので、不審に感じる者はいなかった。

吉開はテーブルとソファのある奥の一室まで歩いていった。医師が休憩したり、患者の家族と話し合ったりするための部屋である。平石は看護婦の詰所のほうに廻って、多賀谷のカルテを抜き出してきた。

平石は吉開の向かいに掛けて、ビニール表紙のついたカルテを開いた。

「目下のところは、毎日、ブドー糖、ビタミン剤、電解質液の点滴を行なっています。制癌剤は週二回、間歇《かんけつ》的に投与しています。坐薬による投与も以前から続けているわけですが、血小板数や白血球数は正常値の下限を少し下廻っている程度です」

「ああ」

それ以上の治療法がないことは、吉開にもわかっている。制癌剤の副作用がさほど顕著でないことが救いといえるくらいだろう……。

多賀谷徳七が食欲不振と全身の倦怠感を訴えて、検査を受けたいと電話で相談してきたのが、六月はじめだった。

検査の結果は、肝臓機能に異常が認められ、触診により肝臓の腫大が発見された。直ちにシンチグラムが行なわれた。これは肝臓に集まる薬を血管に注射して、そのアイソトープの発する放射能をフィルム感光させる検査である。結果は、広範な陰影欠損と肝臓の変形を見た。

続いて、バイオプシ——肝臓の生検である。針を刺して、小組織片を採って検《しら》べる。

ここにおいて、癌が証明された。癌細胞は肝臓の大部分に浸潤していると考えられた。六月十四日入院。手術のすべもなく、今日に至っていた。

いっとき吉開は、組んだ脚のスリッパの先に目を落としていたが、つと顔をあげて、

「あまり長くは保たんだろうね」

「ええ……」

平石は癖のように耳朶《みみたぶ》を指で引っぱりながら、カルテを睨んだ。

「あと二箇月は無理でしょうか。最近の血液検査成績の変動から見まして、間もなく肝性昏睡《コーマ》に陥ることも考えられますし」

「転移の症状はどうかね」

「腹部臓器への広範な転移は予測されますが、今のところ肺はきれいです。腰痛がひどくなっておりますが、骨の欠損像は出ておりません」

「脳神経症状は?」

「頭痛、めまいなどは訴えていませんし、精神障害はきたしておりませんから、脳転移はほぼ否定できると思います。何かお気づきの症状があれば、脳のCTを撮っておきましょうか」

吉開の専門が脳外科なので、平石はとくに尋ねた。

「うむ。無駄ではないだろうね」

(まだ脳転移には至ってないようだ。しかしそれも遠いことではないだろう……)

吉開は組んでいた脚をほどいた。

「脳のCTを撮ってみたほうがいいね」

平石に念を押して、カンファレンスルームを出た。

臨床研究棟一階にある脳神経外科教室の教授室へ戻ると、午後二時になっていた。教授室は医局長室の奥に位置している。医局長は教授の秘書のような仕事もするからである。彼は不在だったが、女性秘書がタイプを叩いていた。

吉開は自分のデスクのそばに佇《たたず》んで、思考を凝集した眼差を窓の外へ注いだ。裏庭は手入れが悪く、雑草が丈高く生い茂り、コスモスが倒れそうな姿で咲き乱れている。

庭の先には、動物研究棟の一部が見えていた。各教室で使う実験用の動物が、飼育の都合上一箇所に集められている。コンクリートの平屋で、エアコンの設備なども完備していた。

三年前、このへんの建物が従来の老朽した赤レンガから今の鉄筋ビルに建て替えられたさい、吉開は動物研究棟との近さを考えて、自分の研究室を一階に取った。

彼は、ここ十年にわたり、脳神経外科の助教授や講師らのほか、血管外科の助教授クラスも参加した約十名の優秀なプロジェクトチームを組み、動物実験を続けていた。細胞免疫と、細胞の再生に対する研究が目的である。十数匹の犬と猿の実験による成果の論文を学会に発表して、かなりの評価も得た。彼が独創的で進歩的な学者だと一部で評されているのは、その研究によるところが大きいだろう。

吉開は我に返ったように、眸の焦点を身近に戻した。身体の向きを変え、デスクの椅子を引いた。

腰かけて、早見表を開き、大矢外科のナンバーを見つける。

外線に繋いで、ダイアルした。院長室の直通を廻しても応答がないので、医院に掛けると、看護婦が出た。少し待たせたあとで、院長は午前中の外来患者の処置を終るところなので、十分ほどしてこちらから掛けますとの伝言をよこした。

十分もたたずにベルが鳴った。

「どうも、さきほどは失礼しました」

大矢勉の精力的な声が受話器を伝ってきた。背後は静かだから、院長室から掛け直したにちがいなかった。

「いや、その後の様子はどうかと思ってね」

用件は、五月末に大矢の医院から廻された患者の経過を尋ねることだった。大学病院で手術が行なわれ、二箇月後に患者は再び大矢外科医院へ戻されていた。

「……そう、それは結構だ。……うむ、その点が大いに希望の持てるところだね……まあ本人がよほど望むならば……それにしても、経鼻栄養と点滴は当分併用させるほうが……勿論その必要がなくなれば、むしろ予想以上の大成功といってもいいだろうが……」

吉開は、隣室のタイプの音を、片方の耳で捕えながら喋っていた。

「まあ、いよいよ退院させる前には、無論ぼくが診《み》に行きますよ……」

大矢がこれから手術を控えているというので、通話は短くて終った。

受話器を置いた時、吉開の上品で端整な横顔は、安堵《あんど》と満足と、かすかな興奮のほとぼりもたたえていた。眸には、一種精悍《せいかん》な光すらたちのぼっていた。

吉開は再び手を伸ばし、佃助教授の部屋のナンバーを廻した。佃助教授には、彼が担当している〝植物状態〟患者の現状を尋ねるつもりである。

受話器の中のコールサインを聞きながら、吉開は椅子を回転させて、また窓を眺めた。動物研究棟の先には、八階建ての南病棟が、めずらしく澄みきった青空を背景にそびえ立っている。

『大抵のものは叶えられてきた。たった一つ……命だけは、思い通りにならないものなんですなあ……』

多賀谷徳七の悲痛な声が甦った。

「ああ、佃君――」

先方が出たので、吉開は呼びかけた。

(こちらには逆の人間がいるのだ)――と考えながら。

3

M大学病院のH・C・U(ハイ・ケア・ユニット――高度管理治療室)には、I・C・U

（インテンシブ・ケア・ユニット—集中管理治療室）で救急治療を受けたり、あるいはむずかしい脳手術などのあと、多少回復した状態の患者が移されてくることが原則とされている。

だが、回復したとはいっても、たとえば発作や事故に見舞われて救急車で運びこまれ、当初の危機を脱し、一応症状が固定したというほどの意味である。いつまた危険に陥るか、あるいはこのままいつまで生き続けるともわからず、常に高度な管理《ハイ・ケア》を必要とする重症患者や植物状態患者が大部分であった。

〝植物人間〟ということばはすでに一般化しているが、その語感は患者の人権をおかすとの意見もあり、医師の間では、〝植物状態〟という呼称が用いられる場合が多い。

植物状態の定義にもさまざまの表現はあるが、一般には——

一、自力で移動できない。

二、自力で摂取できない。

三、意志の疎通ができない。

四、糞尿失禁状態にある。

五、覚醒《かくせい》、睡眠サイクルが認められる。

などの特徴が挙げられている。これも患者によっては、刺激に対して多少の反応を示すとか、「手を握れ」「口を開け」などの簡単な命令には応じる人、口に食物を入れると咀嚼《そしやく》、嚥下《えんか》する人など、症状の程度にも差があるが、概括的には、呼吸をしているだけで意識がなく眠り続けている患者ということができるだろうか。

小森貞利五十六歳は、植物状態の中でもとくにその〝眠り〟の深い患者とでもいわなければならなかった。

H・C・Uの一室にある四台のベッドのうち、廊下側の一隅のベッドに、彼は寝巻の前をはだけ、バスタオルをかけられて仰臥していた。発病後すっかり薄くなった頭髪は短く刈られ、左の鼻孔に栄養補給の経鼻管をさしこまれている。瞼はうすく開き、眸が、今は覚醒時らしくユラユラと左右に動く。睡眠時には静止しているのだが、それは昼夜の別とはまったく関係なかった。

胸に心電図をとるためのコードが繋がれ、股間にはオムツがあてがわれている。膀胱《ぼうこう》に挿入されたカテーテルは、シーツの上を這《は》って、ベッドの脚に吊るされたビニール袋へ尿をしたたらせている。彼はうめき声のような声もたてず、自分で手足を動かすこともほとんどなかった。

ベッドの左上のモニター受像機には、心電図、呼吸、脈搏《みやくはく》などの状態が黒い画面にグリーンの線で描き出され、数値はたえず点滅している。そのピーピーという機械音と、患者が呼吸して胸が上下するたびに、喉の奥がかすかにゼーゼーと鳴る音だけが、規則的に反復されている。

ほかの患者もひっそりと眠っている。

明るすぎるほどの陽光がさしこむ病室は、今はやりきれないような気怠《けだる》い静かさに包まれていた。

しばらくモニターを見守っていた佃清人助教授は、もう一度患者の全身を観察してから、出入口に近い椅子に掛けている小森の長男の妻を顧みた。

「変ったことはないですか」

「別に」

小森裕子は、油っこくベタついた髪を耳の後へかきあげながら答えた。ソバカスの散った顔には化粧気もない。乾いた肌と、投げ遣りな短い応答が、彼女の心身の疲れをむき出しにしているかのようだ。

佃は、裕子の横に立っている小森の息子の利幸へ視線を移し、つぎには、患者の枕元に寄りそうようにして腰掛けている若い女性を見やった。

彼女は医師の視線を感じたのか、そろそろと振りむいた。利幸とどこか似ているふっくらした丸顔で、目許を痛々しく泣き腫《は》らしていた。

彼女は、眉根を寄せ、唇をへの字に結んで、佃に向かってゆっくり頭をさげた。（お世話になります。よろしくお願いします）とでも、精一杯挨拶しているように見えた。

佃は目を逸らし、裕子に、

「何かあったら看護婦を呼んでください」

決り文句をいい残して、H・C・Uを出た。色白でちょっと神経質そうな佃の顔も、自然と眉をひそめた陰鬱な表情になっていた。

利幸が佃を追う感じで廊下に出てきた。彼は二十九歳で、市内の印刷会社に勤めていると聞いた。丸顔だが頰が落ちて、少し目尻が上っている。何か用件があれば、急《せ》きこんで喋るのが常だったが、今日はなぜか、口を開くのを躊躇《ためら》っているふうで、黙って佃の歩調に従ってくる。

「今いらした方、妹さんですか」

佃のほうから尋ねた。

「そうなんです。さっき着きまして」

「そうですか……よかったですね、間にあって」

佃はいってしまってから、自分のことばの虚しさに自己嫌悪を覚えるような気がした。

「ほんとはまだ旅行したりしてはいけないらしかったんですけど、無理に来たんでしょう」

「赤ちゃんは無事に生まれられたんですか」

「八月二十日に……八箇月の未熟児だったんですが。帝王切開で産んだもんですから、一昨日まで入院して、赤ん坊はまだ未熟児室に入ってるそうです。上の子は向こうのお義母さんに頼んで、今朝の飛行機でとんで来たんです」

「それは大変だったですねえ」

佃は、目を赤く腫らしていた利幸の妹の顔を、また脳裡に浮かべた。彼女は、発病した父親に今日はじめて対面したわけだろう。そして父親は、高知に住んでいる娘が無理して駆けつけたことも、何もわからずに、ただ目をトロリと開けて眠り続けている……。

小森貞利が救急車で運びこまれたのは、七月二十一日の夜だった。意識はなく、呼吸不整、右半身の麻痺と痙攣《けいれん》、二つの瞳が左上部に偏《かたよ》っている共同偏視などの症状が認められた。その夜当直をしていた佃は、患者を酸素テントに入れ、つぎには気管切開して人工呼吸器に繋ぎ、抗痙攣剤投与、補液などの救急処置を施した後、CTスキャンを撮った。その結果、脳の内包部から視床部にかけて出血が認められた。脳出血の発作である。出血は手術の適用できる部位ではなかった。

患者には長男の利幸夫婦が付添ってきていた。ほかに子供は利幸の妹がいるが、今年の春から夫の転勤で高知に住んでいる。その上彼女は、妊娠七箇月で前置胎盤のため高知の病院に入院したばかりだ。せめて妹がお産をすませて駆けつけるまで、父が保ってくれればいいと、利幸は佃に縋《すが》るように訴えていたものだ。

I・C・Uに収容された小森は、除脳硬直に陥り、一時は生死の境をさ迷ったが、やがて呼吸が安静になったので、佃は人工呼吸器を外して、気管切開の穴も閉じた。しかし意識は戻らず、目をトロンとさせた植物状態の様相を呈しはじめた。

入院して一週間後、彼はI・C・UからH・C・Uへ移された。

植物状態の症状が固定したまま、十日、二十日と経つうちに、利幸の心理が微妙に変化しはじめていることに、鋭敏な佃は気づいている。昼間のほとんどの時間、舅《しゆうと》に付添っている妻の裕子の気持は、もっと急速に変質しているかもしれない……。

「あのう、先生……」

佃がナースセンターの前まで来て、そこへ入りかけると、ようやく利幸のほうから話しかける素振りを見せた。

「父はどんなふうなんでしょうか」

「ええ……今のところ、脳出血の後遺症で植物状態に移行したとしか、お答えしようがないんですが……」

「よくなる見込みはあるんでしょうか」

「まあ、発病されてまだ四十日余りですからね。一般に植物状態は三箇月が目安とされているんです。というか、意識が戻らないまま満三箇月を経過した時点で〝植物状態患者〟と呼ぶという一応の定義があるわけです。それ以前は〝早期植物状態〟といわれることもありますがね。つまり、三箇月間少しも症状が好転しなかったようなケースでは、例外を除いてはもはや回復はむずかしいと考えられるわけで……」

「すると、それ以前では、また意識を取戻す可能性もあるんですか」

「勿論可能性は常にあるともいえますが……小森さんの場合、昏睡状態からしだいに呼吸が安静になって、人工呼吸器も外し、一定レベルまでは回復されたわけなんですが、それ以後、眼球運動とか刺激に対する反応などにほとんど好転の萌《きざ》しが見られませんのでねえ……」

佃助教授は、この種の植物状態患者を、これまでにも数例扱っていた。自然と衰弱して死亡した者もいるし、ある程度意志の疎通を取戻して退院したケースもある。小森の場合、一箇月をすぎた段階で、まず回復は望めないのではないかという予測を、彼は抱いていた。

「では、このまま少しずつ弱って、亡くなるということも……？」

利幸は段々持前の早口になり、目尻を釣り気味にした強い眼差を佃に注いだ。

「徐々に心臓が衰弱してくるのと、肺炎などの余病を併発する恐れも考えられます。それと、喉の奥がゼーゼーいうのが最近ちょっとひどくなってますね。患者さんは自力で痰《たん》が出せませんから、そのために看護婦が三十分ごとに廻って吸引しているわけですが、それでもどうしても溜まりやすくなる。よほど気をつけてないと、気道内に異物がひっかかって呼吸停止するという事故も発生しやすいんですね」

「そういう事故は……事故の危険性は、高いわけでしょうか」

まるで、事故の発生をどこかで期待しているような、あるいはそんな願望を気取られまいとするような、落着かない瞬きをしながら、利幸は尋ねた。

佃は短く息をついて、

「注意しておかなければいけないということですね。しかしまた、栄養も行き届き、床ずれがひどくなったりもせずに、体力が保てば……」

「体力が保ったとして、あとどのくらい……？」

「その点はわれわれにも予測がつかないんですがね。三年、五年と生存していらっしゃる方もあるわけですから」

「五年もねえ……」

利幸はほとほと慨嘆するように呟いて、肩を落とした。

五年はおろか、八年間も眠り続ける子供に付添っている両親や、十二年以上も妻の看病を続けた夫の例を、佃は知っている。だがまた、肉親の情愛とはいえ、すべての家族にそこまでの献身を期待するのが無理なことも、彼には理解できた。植物状態患者の看病は、肉体的にも精神的にも、また経済的にも、その家庭を圧《お》し潰《つぶ》すほどにきびしいものだからである。一九七六年にアメリカの最高裁で「尊厳死」を認める判決が下され、世界中の注目を集めたカレン・アンのケースでも、両親が生命維持装置を外す権利を要求して裁判所に提訴したのは、カレンが意識を失って五箇月後だった……。

「これで患者さんが少しずつでも反応を示しはじめるとか、よくなる萌しが見えてくる場合には、家族の方も苦労のし甲斐があるわけでしょうが、まったく意志の疎通がないままではねえ……お気持はお察ししますよ」

佃は実感をこめていった。それから彼は、先刻吉開教授と電話で話したことを、改めて心に浮かべた。

『逆の人間もある』と、吉開はいった。彼の紹介で特別室に入院しているホテル・ニューオリエントの社長は、肝臓癌であと二箇月も保つまいと見られている。癌細胞は刻々と彼の内臓を食いつぶしているが、脳転移はまだ認められず、意識はしっかりしているという。彼には地位も財産もあり、生きたいと願う意欲に燃えている。望むものは大抵なんでも手に入るというのに、命だけがままならないのだ。

それに反して小森は、意識を失って眠り続け、彼の脳はおそらく二度と回復不能なまでに破壊されている。家族は生活の危機に瀕している。それでもなお、脳以外の彼の肉体は、依然機能し続けている。彼の意志とは関わりなく、彼の肉体はいつまで生き永らえるかわからない……。

少しの間、佃は利幸の背後にある「処置室」と書かれたドアを凝視していたが、

「今後の問題を、ちょっとご相談しておいたほうがいいかもしれませんね」

奇妙にかすれた声でいって、ドアに歩み寄った。ノックして開け、誰もいないのを確かめてから、利幸を請《しよう》じ入れた。

4

看護婦が巡回してきて、小森の喉に吸引器をさしこみ、痰などの異物を吸いとった。つぎには、裕子も手伝って、患者の〝体位転換〟——床ずれを防ぐために、そろそろと身体の向きを変える作業を終った。

医師や看護婦が来ている間はどうにか耐えていたが、自分のほうに顔を向けて横たわった父親の頰をさすりながら、高原典代は再びすすり泣きを洩らしていた。

「……晃も来たいっていったのよ。でも先にママがおじいちゃんの様子見てくるからね

って……今度は女の子だったのよ、お父さんに名前つけてほしかったのに……こんなことになって……早く目を醒ましてちょうだい、ねえ、お父さん……元気を出して……」

典代は二十七歳で、利幸の二つ下の妹である。兄妹の母は、利幸が中学一年の時に亡くなって、以来小森が男手一つで二人の子供を育てあげた。といっても、利幸のほうはしばらく親戚に預けられた時期もあったが、典代は文字通り小森が手塩にかけて育てただけに、成人してからも、とりわけ父親を慕う気持が強かった。

典代は高校卒業後、ガソリンスタンドに就職し、元売りに当る石油会社に勤めていた現在の夫と十九歳で結婚した。翌年には長男の晃を産んでいるので、晃はもう小学二年生になる。

夫の高原がM市勤務だった間は、実家から遠い社宅を嫌って、わざわざ近所のアパートを借り、三日にあげず晃を連れて父親の家へ遊びにきていたものだ。小森のほうでも、いっしょに暮している利幸の二人の子供以上に、晃を可愛がる様子が見受けられた。

ところが今年の四月、高原は高知支店へ転勤と決った。典代は嫌がっていたが、まさか父親と別れがたくて夫を単身赴任させるわけにもいかない。また小森にしても、三十余年勤めあげた化学工業会社を五十五歳で定年退職したあと、市内の貸ビルの会社に第二の職場を見つけたばかりだったし、典代が父親を引取ることも、事情が許さなかった。

高知へ移転して間もなく、典代は妊娠に気がついた。前置胎盤の疑いが持たれ、七月には不正出血して入院した。前置胎盤の場合には、入院して早産を防ぎ、ギリギリまで保たせた上で帝王切開するしかないのだ。

小森が脳出血で倒れたのは、典代が高知で入院した十日後だった。

「……なんだか嫌な予感がしたのよ。だから行きたくなかったの……やっぱりこんなことになって……私がそばにいてあげればよかった……苦しかったでしょう、お父さん！……可哀そうに……」

典代はまたかきくどくように話しかけている。なにをいったところで、小森は頼りなく眸を浮遊させているだけで、その目は何も見ていないというのに。

裕子にしても、典代の悲しみが察しられぬわけではない。が、ほかの患者の迷惑も考えぬ泣き声と、おまけにまるで自分がそばにいたら父親の発病が防げたかのような言種《いいぐさ》を聞いているうちに、どうしようもない苛立《いらだ》ちが湧き起こってきた。慢性的な寝不足と疲労と生活不安のせいで、裕子は苛々しやすくなっている。舅が入院して以来、六時間寝た日など数えるほどしかないのだ。

「ほんとに典ちゃんがいてくれればよかったわよ！」

裕子は精一杯の皮肉をこめて、溜息といっしょに声を吐き出した。

「大変だったのよぉ、あの時は。お風呂入ったきりちっとも上ってこないんで、様子見にいったら、洗い場に素っ裸で倒れてるじゃない。呼んでも全然返事しないし、そのうちすごい痙攣起こして……やっと救急車に来てもらって、救急医療センターに運びこんだのが九時半ごろだったかしら。それから痙攣してる身体押さえつけて、この喉の下に穴あけて管を通したり……すごい騒ぎだったわ。I・C・Uの中には私たち入れてもらえないから、一晩中ガラスの外に立って見てたのよ。いつ何が起こるかわからないっていうんですもの」

典代は裕子の語調に気圧《けお》されたように目を見張った。

「最初のうちは悪くなる一方で、除脳硬直っていうの、身体が両側とも麻痺しちゃうし……それで私たち、夜と昼と交代で病院につめてたのよ。廊下の椅子でうたた寝したりしてねえ。そんなことが一週間続いて、ようやく病状が固定したというんでH・C・Uに移されたわけだけど、それからのほうがもっと大変だったわよ。だって、I・C・Uは外部の者が勝手に出入りできないくらいだから、全部看護婦さん任せでしょう。H・C・Uも一応その建前にはなってるけど、看護婦さんの数も少ないし、大抵みんな付添ってますもんね。ちょっと目を離した隙《すき》に何が起こるかわからないわけだし、それと、暇があったらなるべく手足を揉んであげてくださいっていわれてね。そうしないと、意識を取戻しても関節が固まっちゃって動かなくなるんですって。それで昼間は一日私が付添って、夜は主人に泊ってもらったの。主人は夕方会社から帰ってきて、子供たちに夕飯食べさせて、それから病院へ来て泊って、朝は食事抜きで会社へ行ってたのよ。私だって、毎朝五時に起きて、夕飯の下拵《したごしら》えまでしておいてから……」

「お兄さん、今でも毎晩泊ってるんですか」

「いえ……ここんとこちょっと休んでるわ。主人もばてちゃってね。だってこんなところじゃ、ほとんど眠れないもの。付添い用のベッドがあるわけじゃなし、斜向かいの待機室のソファで仮眠するんだけど、呻き声が聞こえたり、よその患者さんが急に危篤になって、バタバタ人が集まってきたり……この上主人に倒れられでもしたら、それこそ一家の破滅ですもの」

「じゃあ、お義姉さんだけ昼間に毎日……？」

「今んとこはねえ。でも私もそろそろ参りそうだわ。うちの子供たちだって可哀相なもんよ。昼間はまるっきり大人のいない家に放ったらかしにされてるんですものね。これでもう少し寒くなって、ストーブが要《い》るようになってきたら、とても危なくて、子供たちだけで留守番させとけないわね」

「……」

「ほかの植物状態の患者さんの話も聞いたけど……どこでも大抵そんなふうらしいわね。最初は一瞬も油断できないみたいに緊張して、二十四時間片時も休まず付添ってるけど、患者のほうではいつまでたっても全然反応なしでしょう。そのうち家族も精根尽きちゃうのね。お隣りの部屋の患者さんなんか、近ごろでは三日にいっぺんくらいしか家族が来てないみたいよ」

裕子の口吻《くちぶり》は、いずれ自分もそうなることをあらかじめ断わっておくとでもいうように、典代には聞こえた。

「私がそばにいられるといいんですけど……」

典代は肩をすぼめてうなだれたが、

「赤ん坊の様子がもう少し落着いたら、どうにか私がこっちにきて、毎日付添いますから、もうしばらく……お義姉さんにだけ苦労かけてほんとにすまないんですけど、お願い、お父さんを見捨てないで……」

「見捨てるなんて、別にそんなことといってやしないわよ。――でもねえ、典ちゃん、身体や精神的な問題ばっかりじゃないのよ。病人一人抱えたら、そりゃあものすごくお金がかかるのよ。I・C・Uは一日七万五千円もするんだから。お父さんの保険では三割負担だけど、それでもすごいでしょう。こっちへ移ってからは、医療費は安くなったものの、目に見えない費用が大変なのよ。看護婦さんにお世話になるから、どうしてもお礼をしなきゃならないし、私たちの交通費、食事代、時々子供が夕飯を食べさしてもらってるお隣りの奥さんにも知らん顔していられないしね。H・C・Uに移ってからでも、お父さんのことだけで月に十五万円はかかるわね。こんなことなら、お父さんの退職金をそのままとっとけばよかったんだけど……」

昨年の二月に定年退職した小森の退職金は、家を建て直すのに大部分使ってしまっていた。

「今度の会社は正社員じゃないから、そう長くは休職扱いにしてくれないしね。あとは貯金を食い潰して……こんなことが何年も続いたら、どうなるのかしら。植物人間を抱えて生活保護家庭に転落したって話を聞いたことあったけど、つくづく他人事《ひとごと》とは思えなくなってきたわ」

「すみません、ほんとに……費用のことも、うちからもできる限り協力するつもりですから……」

　この時、利幸が廊下から戻ってきた。左手をズボンのポケットに突っこみ、右手で自分の顎を支えるような恰好をしている。典代と目が合っても、どこか上の空の顔つきだった。

　だが典代は、ホッとして兄を見あげ、

「ねえ、お兄さん、私もギリギリまで切りつめて、少しずつでも送りますから……それと、子供のことはなんとかして、私がこっちへ来て付添うようにするわ。だから、お父さんには、できる限りのことをしてあげて……」

「いくらぼくらが、できる限りの犠牲を払ったところで……」

　利幸は奇妙に抑揚のない声でいい返した。

「お父さんはおそらくもう回復しないだろうと、先生がいってらしたよ。自然に衰弱して死ぬか、そうでなければ、このまま三年も五年も眠ったままで……」

「眠ったままでも生きていてほしいの」

「…………」

「だって……案外お父さんは楽しい夢を見てるのかもしれないわ」

「お父さんの脳は壊れてしまってるんだよ。意識も感情もないんだ。ただ呼吸をして、肉体が死なずにいるというだけなんだ」

「それだけでもいいじゃないの。体温があって、息をしていて、そういうお父さんの身体がこの世の中にあるというだけで……それだけで私、心の支えになるのよ」

利幸は、両手で顔を被ってしまった妹から目を離して、なんとはなしに、ベッドの上のモニターを見あげた。心電図が一定の波型を描いて流れる。呼吸26、脈搏72、血圧138・90……点滅する数字は、小森の身体の継続的な営みを証明していた。

それはまた、人間の肉体が、頭脳や意志や感情などとはまるで関わりなく生きうることを、立証しているかのように見えた。

（そうなんだ。肉体がこの世の中のどこかに存在するだけでいい、という考え方もできるんだ……）

利幸は胸の中で呟き、ふいに怯えたような眼差を父親の横顔へ落とした。

影の息

1

和紙四、五枚を柿の渋ではり合わせた型染独特の型紙一抱えと、染料と顔料を三缶ばかり買い入れた島尾丈己は、注文の電話を聞いて受話器を置いた材料店の主人に、機嫌よく声をかけた。

「だいぶ忙しそうだね」

「ええ、お蔭さまで。十月には伝統工芸展、十一月から県展と創造工芸展、それに富士屋デパートの巨匠展も続いてますんでね。わたしらのような商売人でも、秋は活気があっていいですなあ」

色鮮やかな紅型《びんがた》の法被《はっぴ》を羽織った店の主人が、陽気な口調で応じた。美術の秋には工芸関係の展覧会も多い。各美術団体の会員や、出品を目指している人も市内には大勢いるので、シーズン中は染色材料の売行きがめざましいのである。

「巨匠展か……」

島尾は懐かしいことばに遇ったように、口の中で反復した。それは老舗《しにせ》百貨店の富士屋デパートが四、五年前からはじめたことで、名の通り巨匠と呼ばれる染織工芸家五人から七人ほどの新作を集めた展示会である。分野は友禅、型染、紬《つむぎ》、紅型などで、いずれも何百万円から一千万円をこす着物、帯、屏風、染絵額などが陳列されるが、展覧会が五大都市をまわるうちに、すっかり売約済みになるといわれる。

百合沢錬平が自らライフワークと称している「源氏物語五十四帖」の既成の作品の中でもとくに評判の高かった〝玉鬘《たまかずら》〟は、第二回巨匠展に出品されたものだったろうか……。

百合沢にまつわる事柄を、一瞬にせよ懐かしいと感じたことに、島尾はつぎには不思議な感慨を覚えていた。

人間の記憶とは、こんなに風化しやすいものだったのか――。

いや、一日も早く忘れたいと願う本能の力で、その部分の記憶だけが、まるで糊置きして防染された紋様の一部のように、色彩感を失ってうすれたのだろうか……？

彼が、もうめったにあの日の出来事を思い出さずにすんでいたのは、あれから三箇月あまりという間、百合沢錬平に関する報道も、ちょっとした噂すら、耳にしなかったせいでもあった。百合沢の名前だけを知っていて、あの惨劇を関知するはずのない多くの人々は、彼が別段変りなく、制作に勤《いそ》しんでいるものと思っているのだろう。

勿論、彼と密接な繫がりのある一部の人たち――妻と三人の通いの弟子をはじめ、彼が役職を務めていた美術団体の関係者、親しい付合いのあった友人、デパートの美術部長、呉服問屋……等々は、少なくとも彼の身に何らかの変事が起きたことを理解しているにはちがいない。そして、理解の内容がどんなものであれ、つまり事実がどのように糊塗されて伝えられているにせよ、その情報すべてに、箝口令《かんこう》がしかれているのではあるまいか。

いや、それも断定はできない。案外偶々《たまたま》島尾の耳に入らないというだけなのかもしれないから。

百合沢の身近な誰かに尋ねてみれば、およその見当はつくはずだが……島尾は精一杯自制して、百合沢の話題を自分から口に出すのを避けていた。生来待つことが苦手で、隠忍自重といった生活のできにくいたちだったが、今度ばかりは、ジッと息をひそめる思いでこの三箇月余りをすごしてきた。

結局のところ、百合沢の死体は野犬に運び去られるかして、どこかへ消えてしまったとしか考えられない。苑子夫人は真相がわからぬまま、夫の捜索願を提出した。警察では、事実を公開せず、内密に百合沢の行方を捜しているのであろう。とすれば、どんな些細《ささい》な言動が、彼らにマークされるきっかけにならぬとも限らない。その恐怖と警戒に、島尾は心を縛られていたのである。

それにまた、百合沢に破門されて以来、島尾の棲《す》む場所は、すっかり百合沢の世界から遠のいてしまった。島尾の周囲で、百合沢についてとくべつな事情を知っていそうな人物などは見当らなかった。

しいていえば、この材料店の主人くらいだ。

近年の工芸ブームで、この種の業者もずいぶん増えているが、百合沢は長年ここだけを利用していた。店の品が好みに合う上、工房から近くて便利なせいもあっただろう。島尾も、アパートで開いている主婦向けの型染教室で使う材料を、自転車でこの店まで買いにくる習慣がついていた。型紙などは、使い慣れたものでないと困るのだ。それに、教材用をまとめて買えば、大分値引きしてくれる。生徒には定価で売るので、その分の利鞘《りざや》も、いまの島尾には馬鹿にできない収入源だった。

彼は買った物を入れた紙袋を両手で抱えながら、店の主人のスベスベと禿《は》げ上った額へ目を向けた。相手は屈託のない、陽性な眸で見返している。(訊いてみようか？)――ふっと思った。むしろたまには百合沢の消息を尋ねてみるほうが、自然ではないだろうか……？

つぎにはもう、ことばが出ていた。突然一足とびに、自制の垣根を乗りこえてしまった感じだった。

「巨匠展といえば、今年も百合沢先生は出品なさるんでしょうかね」

「さあ……」

主人は眉を寄せて、首を傾げた。

「今年は、もしかしたら出されないかもしれないですね。伝統工芸展にも、出品しないという噂ですし」

「どうしてまた……？」

「あんまりお身体がよくないみたいですからね」

島尾は無言でかすかに頷き、何か鈍重な衝撃感が肺腑を下っていくのを覚えた。

「いえね、大抵ひと月に一遍くらいは、お出掛けのついでにここへ寄ってくださって、いろいろ細かいご注文をいただいたもんなんですが、このごろはお弟子さんばっかりで全然先生の姿をお見かけしないんでね、この間お弟子さんが来られた時に尋ねてみたんですよ。そうしたら、ちょっと加減が悪くって、病院に入っておられるとかって……」

「へえ……どんなふうに悪いんですか」

「なんか脳血栓《のうけっせん》らしいとか……」

「脳血栓？　で、どこの病院に入院されてるんですか」

「さあ、お弟子さんもあんまりくわしいことは教えられてないみたいでしたね」

「いつのことです、あなたがそれを聞いたのは？」

「ついこの間……といっても、もう二週間以上になりますかなあ」

「そうですかあ。――ちっとも知らなかった」

「いえ、ごく内輪の方にしか知らせてないみたいでしたよ。しかし、百合沢先生が近ごろ会合などにいっさい顔を出されないが、どうしたんだろうかというような話は、時折聞いてましたけどねえ……」

百合沢錬平の〃失踪〃は、やはり秘密にされていたのだ。苑子夫人にしても、〃百合沢が散歩に行ったまま帰ってこない〃という事実を、身近な弟子たちにまで隠すことはできなかったかもしれないが。

それにしても、三箇月も経つうちには、当然外部でも不審を抱きはじめる。そこで最近では、人に訊かれた時には〃脳血栓で入院中らしい〃とほのめかすように、夫人は弟子たちにいい含め、彼女も周囲にそう説明しているのではないだろうか。

夫人はまだ百合沢の〃死〃を受け容れてはいないのであろう。〃失踪〃から戻ってきた夫が、世間の好奇の目を浴びなくてもすむように、彼女はあくまで表面を取り繕《つくろ》っているのだ。そしてもう、いかにしても百合沢の不在を隠しおおせなくなった時に、実は彼が五月二十八日から行方不明になっていた〃真相〃を公表するのではあるまいか。

百合沢の妻苑子は、彼が師事していた型染の重要無形文化財保持者、いわゆる人間国宝の一人娘である。プライドが高く、賢夫人との評判もある苑子らしい抜かりのない処置だと、島尾は納得する思いだった。

島尾はゆるやかな上り坂に、自転車をこいでいった。そこは、百合沢の工房やあの雑木林からは少し南に当り、高速道路のインターに通じる大通りよりは一本北に入った道である。広大な斜面を切り拓いた新興住宅地には、どういうわけかまちまちな角度に歪んだ道路が網目のように敷かれていて、まだ随所に、建築中のマンションや住宅が目についた。

路上の人影は少なかった。日曜日の午後で、風が強く、時折大粒の雨がぱらつきはじめている。中天から西にかけて、空が黒々とした雨雲に閉ざされているせいか、まだ三時すぎなのに、日暮れ時のように暗く、妙に不穏な気配すら感じられる。

今年の夏は一時ひどく暑かったが、秋の訪れは早かった。梅雨が長く、九月に入ってからもよく降っている。どこかの窪地か洞穴の中で、百合沢の死体はそれこそもう形骸もないまでに腐り果てているだろう。人体がどのくらいの日数で白骨化するものなのか、島尾は知らなかったが、もう骨になっているかもしれない。今後いつ発見されたとしても、それが百合沢錬平であるとは、見分けがつかないのではないか。たとえ着衣などから彼と推測されたにせよ、死因の割出しまではとても無理であろう。百合沢は最初から野犬に襲われて死んだと解釈される可能性も大いにある。いずれにせよ、島尾が殺人の容疑を受け、犯行が立証される恐れなどは、もはやゼロに近くなったはずだ……。

ペダルを踏んでいる島尾の足には、知らぬ間に力がこもって、しまいには競走選手みたいに腰を浮かせてこいでいた。とくに勾配が険《けわ》しくなったわけではない。安堵のあまり有頂天になったみたいな、一種の興奮にとりつかれていた。

事件の一週間後に、彼は林の中の〝現場〟を見に行き、帰りに百合沢家の庭の様子を窺った。その時、縁側に彼の下駄とステッキが揃えてあるのを認めて、なんともいえぬ恐怖に駆られて逃げ帰ったことがあった。しかし、あれにも大した意味はなかったようだ。偶然別のステッキが出ていたのか、それともこちらがあまりビクビクしていたので、ありもせぬものを錯覚で見ていたのかもわからない……。

一段と強い風が吹きつけてきたので、島尾はいったん自転車を降りた。荷台の金網の籠《かご》に入れてある染色材料を改めた。籠の上に麻紐がかけてあるし、型紙はビニールに包んであるから、雨に濡れる心配もなかった。

三叉路にかかっていて、島尾のアパートへ帰るには右へ曲るのである。

彼はペダルにのせかけた片足をおろし、両腕にグイと力を入れて、自転車を押しながら歩き出した。左手の道は坂が急で、およそ登りつめたところに百合沢の工房がある。その前を通ってみたくなった。主《あるじ》を失ってひっそりと寂《さび》れた工房の前を通り抜けると思うだけで、彼は一種陰惨な快感を覚えた。

坂に沿って比較的旧い高級住宅が並び、やがて、低い石垣と、その上に続く木犀《もくせい》の生垣が視野に入った。百合沢の住居と工房は、それらの内側にある。

咲きかけた木犀の匂いが、かぐわしく漂っていた。それを嗅ぐと、再び奇妙な懐かしさが島尾の胸にひろがった。同時に、季節が流れたことを、いっそうはっきりと感じた。事件の日には紫陽花が咲いていた。どんな異常な出来事も、月日がきれいに処理してくれるものなのだろうか……。

百合沢家の門は、ぴったりと門扉を閉ざしていた。

門の前から、生垣に沿って曲っていくと、工房の出入口がある。こちらは道路よりひっこんでいて、私道の突当りに粗い木の柵の扉がついている。

島尾は、人も車も少ない道路に自転車を停めて、数メートルほどの私道を入っていった。

木戸の奥に、母屋の縁側が見える。レースのカーテンが閉まっている。今日は庭下駄もステッキも見当らないようだ。

母屋とコの字をなす工房の前のセメント敷きの上にも、今は張り板なども出されていなかった。天気が悪い上に、日曜日は弟子も休みなのだ。百合沢の工房ではおそらく島尾が最後の住込み弟子で、以後は通いばかりと聞いている。近ごろの染織工芸家志望には美術大学卒のインテリ層が増えて、師弟の関係もビジネスライクになり、昔の徒弟制度の持つ閉鎖的な陰湿さはしだいにうすれつつあった。

雨気を孕んだ強風が植込みをざわめかせている。セメント敷きの上に、大粒の雨がばらつく。人気の絶えた庭は、蒼茫《そうぼう》として見えた。

百合沢の仕事場である座敷には、障子が立てられていた。手前が長い板間である。ガラス戸が閉まっている。そのほの暗い内部へ目を移した島尾は、ふいにドキリとして息をつめた。誰かが腰かけているふうだ。

目を凝らした。やはり、誰かが庭に向かって椅子に掛けているのだ。黒っぽい和服を着た上半身は、かなり大柄な男のようだ。苑子夫人ではない。誰だろう……？

一瞬島尾は、そこに人形か彫像でも置かれているのではないかと思った。その人影が、いつまでも動かず、ただジッと庭に顔を向けてすわっているからである。

島尾は、風に揺れている木戸を押して、庭へ忍び入った。

二歩、三歩……彼はセメント敷きを踏んで、工房へ歩み寄った。工房の中の人物は、全然彼に気づいていないように、静止したままだ。しかし、彫像ではない。それは直感された。

（近づかぬほうがいい！）――彼の本能が叫んでいた。だがまた、別の強い力が、彼を引寄せていた。すでに何か得体の知れぬ恐怖が、彼の心臓で渦《うず》巻いていた。が、抗いがたい魔力のような力が、彼の足をその人影の前へ吸い寄せるのだ。

ついに島尾は、ガラス戸一枚を隔てて、彼と向かいあっていた。

百合沢錬平が、そこに掛けていた。

白くなった髪が、短く刈られている。

陽灼けしていた顔も白っぽくなっているが、蒼白いというのでもない。

秀でた額。太い眉。くぼんだ眼窩の底から、鋭い両眼が島尾を見据えている。

なんということだろう！

百合沢は生きていた。

生きている百合沢が、自分を殺した島尾を睨んでいる。今にも大声を発して復讐に襲いかからんばかりの、燃えるような眼光を孕んで！

島尾は顚倒《てんとう》し、正気を失った。逃げようとしながら、手足が動かない。百合沢から目を離せなかった。

百合沢の身体が、異様に大きく見える。彼は今日も大島を着ていた。仕事着以外は、彼は大島を好んだ。襟元には、軽そうな毛糸のマフラーを巻いている。両手を膝の上で重ねていた。右手の五本の指を伸ばして、左手の上に軽くのせている。なめらかな肌には傷痕の一つもなく！

ササユリの根元に倒れた百合沢の手にナイフを振り下ろした瞬時の手応えが、島尾の感覚に甦った。最初は左手に、つぎには右手に向けて、何度も何度も刃を突き立てた。骨が潰れ、指がちぎれた。鮮血がとんで、ユリの花弁にシミをつけた……。

（なぜ百合沢は、こんなきれいな手をしているのだろう……？）

島尾は、ようやく自分の身体を回転させ、百合沢に背を向けて歩き出した。よろよろと、まるで彼のほうが今ナイフで刺されたばかりの怪我人のように。

木戸を押して私道へ逃れ出てから、はじめてすさまじい恐怖の悲鳴が、島尾の唇から迸《ほとばし》り出た。

2

母の手伝いをして夕食の後片づけをすませた滝子は、居間へ戻ってきてソファに腰をおろした。

テーブルの上には、新聞と、やりかけのレース編みを入れた籠ものっているが、すぐに手を出す気にもなれなかった。初秋に着るためのレースのカーディガンは、八月末からはじめているのだが、まだ身頃《みごろ》の半分もできていない。九月もあと三日を残すだけになったというのに。

この夏も、なにかしら心の隅に隙間風が流れこんでいるような、虚《うつろ》な気持ですごしてしまった。

カーテンを閉めたガラス戸の外では、もう虫が降るように鳴いている。

妹の弓子は、さっきから飽きもせず週刊誌を読んでいる。今は巻末のほうのグラビアページに見入っていて、きれいなカラー写真が漠然とした色彩のヴェールのように、滝子の網膜に映った。

S市に住んでいる杉乃井滝子の家庭は、両親と滝子と妹の四人家族である。父親は地方銀行の支店次長を務め、滝子は短大を出たあと、市内の会計事務所に就職している。滝子より二つ下で今年成人式を迎えた弓子は、M市にある私大の美学科の学生だった。

母親の君子が、タオルで手を拭いてからキッチンを出てきて、娘たちのそばに加わった。父の帰宅は、今夜は遅いらしい。

君子は夕刊を取りあげたが、ぼんやりしている滝子の顔へチラリと目を投げた。

「ああ……間もなく四箇月になるわけねえ」

新聞の日付を読んで、日のたつ迅《はや》さに今さら胸を衝《つ》かれたようにいった。

「五月末だったでしょう、瀬川さんが亡くなったの」

「二十九日。それがわかったのは三十一日だったけど」

答えながら、滝子は自分がやはり、意識のどこかで、たえず彼について考えていたことに気がついた。

五月三十一日の朝に、瀬川聡《さとし》の勤め先の建築設計事務所の所長といっしょに、警察へ捜索願を出しにいったのだった。その二日前に、M市の県警本部から、身許不明死体の照会が廻されてきていて、その特徴は瀬川と一致した。午後には、滝子はM市へ赴き、火葬場の地下の冷凍室で、瀬川の兄と共に彼の遺体と対面した。

遺体はその翌日、同じ火葬場で荼毘《だび》に付され、瀬川の兄が実家へ持ち帰ったはずである。滝子たちが行った時は、午後五時をすぎていて、その日のうちに火葬してもらうわけにはいかなかったのだ。

瀬川の兄が、あとのことは自分一人でするから、もう帰ってもらっていいと滝子にいった。正式の婚約者だったわけでもない女に、いつまでも関わりあってほしくないといった本心が覗いていた。滝子は三十一日の夕方遅く、一人でS市へ帰ってきた……。

「ほんとにもう、百日以上もたったわけよね」

滝子はしいて確かめるように呟いた。

「お葬式にも、なんの連絡もなかったわねえ」

君子がちょっと割りきれない面持で首を傾げた。

瀬川は何度か滝子の家に遊びにきて、家族といっしょに夕食をしたこともあった。別にまだ滝子は、彼と結婚したいなどと親に話していたわけではなかったが、そんな特定の間柄でなくても、親しいボーイフレンドを食事に招くていどの自由さが、滝子の家庭にはあった。そして、両親も妹の弓子も、概《おお》ね瀬川に好感を抱いていたのだ。

「お兄さんが、内輪だけで地味にやるからって、匂わせてらしたから……」

「亡くなった原因も、はっきりしないままなのかしらね」

「さあ……加害者側は、彼が道路を横断してて、急に頭からとびこんできたんだといって、自殺を主張してたらしいけど……」

M市東署の交通課係官は、被害者の身元が割れた段階で、トラックの運転手は書類送検になるだろうと語っていた。補償金の問題も、加害者側と遺族との間で話合われたにちがいない。

はっきりした意志による自殺であったかどうかはわからないが、瀬川がかなり不安定な精神状態で、フラフラと信号のない道路を横断していた有様は、滝子にも想像できるような気がする。その途中で、急にめまいでも起こしたのか、それとも突然、死の誘惑に吸いこまれてしまったのか……滝子はそれ以上はあまり考え詰めないようにしていた。

滝子はまた、電車で一時間ほど南へ行った先の海辺の町で行なわれた質素な葬式や、どこかにあるはずの彼の墓を思い浮かべてみることもある。が、ほとんど現実感が湧かなかった。

滝子の瀬川に対する気持は、いわば彼との思い出の中にだけ留まっていた。それもなぜかとても感覚的に。——彼のひろい胸に包まれ、力強い腕に抱きすくめられた時の陶酔感や、彼のスベスベした形のいい手を弄《もてあそ》んだ感触などが、つい昨日のことのように、滝子の内部に息づいている。

(彼はまだどこかに生きているみたい……)

親しい人を失った者は、誰でも一度くらい、そんなふうにいうものだ。が、彼の生々しい存在感、ありありとした気配が、自分の意識の中でいつまでも少しもうすれずに持続していることに、滝子は時折ドキリとしたり、われながら不可解な思いさえする。

瀬川の死因や、あるいは葬式などの事柄に対して、滝子が割に淡々としていられるのも、彼女の心がまだすっかり彼の〝死〟を受け入れていないからかもしれなかった。

弓子が雑誌を置いて立ちあがった。クッキーの缶から一つつまんで口に放りこむと、居間を出ていく。本を読むことが好きで、日頃無口な妹だった。

「お風呂、もう入れるわよ」

君子がいうと、

「あとでいい」

弓子は階段をのぼって、自分の部屋へ引きとるらしい。

雑誌のグラビアページが、滝子の前にひろげられていた。

滝子が見るともなく目を惹かれたのは、見開きの右側に、染絵のついた六曲屛風が写っていて、その色調と紋様がいかにも美しかったからである。

そのグラビアは、有名な写真家である柿沼修司の〝美を創るひと〟というシリーズのようだった。今週は、染織工芸家の百合沢錬平がモデルになっている。といっても、滝子はとくに染織に興味を持ってはいなかったし、百合沢の名も、それまで聞いたことがなかった。

左のページいっぱいに、椅子に掛けた彼の写真がある。年配は五十代半ばくらいか。白髪混りの頭をざん切りにして、眉の濃い、きびしい顔立ちをしている。くぼんだ目の光が強い。黒っぽい着物を着て、襟元にはちょっと季節には早いニットのマフラーを巻いていた。

滝子は、徐々に視線を下へ移した。黒い着物の膝に、百合沢の手が置かれている。写真はほぼ正面から仰角に撮られていて、従って画面の下ギリギリに入っている両手は、顔との比較でいえばかなり拡大された感じに写っていた。

なぜか、滝子は、その手から視線が離せなくなった。奇妙な親近感が心に湧き出していた。何かとても懐かしいものにめぐりあったような……百合沢の名など知らず、無論会ったこともない人なのに……?

彼の両手は、どちらも自然に指を伸ばした恰好で、接近して膝の上に置かれていた。指が長くて、節の低い、いかにもスベスベしていそうな手だった。どちらかといえば知的な職業を連想させる、節くれだっていない指——。

しばらくして、滝子は雑誌を持ち上げ、目に近づけた。百合沢の左手の拇指と人差指の間に、影のような筋がついているのに気がついたからだ。ジッと目を凝らして見ると、それは鉤型に丸くカーブした傷跡のようであった。

つぎの一瞬、名状しがたい戦慄《せんりつ》に似た衝撃が、滝子の身内を貫いた。それから再び、せつない懐かしさに胸をしめつけられた。

滝子は母を見た。何かいおうとしたが、その直前に、君子は後を向いて、テレビのスイッチをひねった。

また少したって、滝子は雑誌を持って二階へ上っていった。

弓子は自分の部屋で、本棚にもたれてレコードを聞いていた。

「弓ちゃん、百合沢錬平って知ってる？」

「染織工芸家でしょう？　型染では今いちばんの大家じゃないかしら」

美学科の学生である弓子は、さすがに即座に答えた。

「百合沢錬平がどうかしたの」

「いえ、ちょっとこれに載ってたから」

滝子は雑誌を妹のほうへ向けた。

「ああ」と弓子は軽く頷いた。自分も見たという顔である。

「私の友だちが、彼のお弟子さんが講師をしている型染のサークルへ通ってるわよ。百合沢さんは弟子の数も多いし、いろんな美術団体の委員なんかして、M市ではすごい勢力があるらしいわね」

「あら、Mに住んでらっしゃるの」

「そうよ」

「どのへんかしら」

なぜそれを知りたいと思うのか、滝子自身にもしかとはわからなかった。

「さあ、……聞いといたげましょうか」

「そうね……」

少し怪訝そうに見あげている妹に、滝子もあいまいに頷き返した。

自分の部屋に入って、畳に横ずわりした。

雑誌を開いたまま、机の上に置いた。

写真のキャプションには、百合沢の経歴が簡単に紹介されていた。最後に、(彼の仕事のもっともよき理解者といわれる苑子夫人は、彼が師事していた人間国宝、故大坪里祥氏の一人娘である)といったことが記されていた。

「そのこ夫人……」

滝子はふと声に出して呟いた。

横ずわりしていた膝を立て、傍らの引出しを開けた。以前はアクセサリーの入っていた木の小箱を取り出した。今は中に、ティッシュペーパーに包んだ小さなものがしまわれている。

ティッシュペーパーを開くと、もうあまり光沢のないプラチナの結婚指輪が現われた。瀬川の遺品の中に混っていたものである。M市の福祉事務所から、滝子はそれだけをひそかに持ち帰ってきた。もしかしたら、滝子の知らなかった瀬川の生活の一面を推察する手掛りになるかもしれないと思ったからである。

しかし、その指輪は、直接彼とは関係ないものだったのだろうと、今では滝子は判断している。まず、サイズが大きすぎた。瀬川の男にしては華奢《きやしや》な指にはめたら、ブカブカだったにちがいない。加えて、その指輪がある女性から現在の持主へ贈られたと察しられる日付が、二十一年も昔なのだ。まさか瀬川が五歳で結婚指輪を取り交したとは考えられないから。

滝子は指輪をつまみあげて、内側を電灯にかざした。

〈1958.3.21. SONOKO〉

プラチナに彫られた文字が、仄白《ほのじろ》く光って見えた。

3

九月三十日日曜日、杉乃井滝子は電車でM市まで出掛けた。十月に短大の同級生の結婚式があり、そのお祝いを買いに行くといって家を出た。事実そのつもりでもあったが、買物だけならS市内で間に合わぬことはなかった。

二十七日の夜、週刊誌のグラビアで百合沢錬平を見た滝子は、翌日、勤め先の会計事務所に備えてあるM市の電話帳で、彼の住所を調べた。

〈東区高木町一―九六〉と記載されていた。

瀬川聡が車に撥ねられたのは、高木町交差点付近であり、救急車で近所の大矢外科医院へ運びこまれたと、滝子は東警察署で聞いていた。

電話帳を調べた日の夕方には、M市にある大学から帰ってきた妹の弓子が、『百合沢錬平のこと、お友だちに訊いてみたのよ』と報告した。友だちが百合沢の弟子が講師をしている型染サークルに通っていると、弓子はいっていた。そちらの話は、滝子はあまり当てにしていなかったのだが。

『百合沢さんは、東区の端のほうに住んでて、工房もそっちにあるそうよ。でも、最近脳血栓《のうけつせん》で倒れられて、大したことはないようだけど、今年の秋の展覧会には出品なさらないらしいとかって……』

『脳血栓？ 入院してらっしゃるの』

『さあ。私の友だちは、サークルの先生からチラッと聞いたといってただけだから……』

またその翌日の土曜日、滝子は午前中の勤めを終えた帰りに、繁華街の大きな書店へ立ち寄った。

染織工芸関係の本は、意外なほど沢山出版されていた。友禅、型染、江戸小紋、紬《つむぎ》、辻が花……分野もさまざまである。作品のカラー写真は、どれも見とれるほどに美しい。今までまるで無知でいた美術の世界が、急に目の前にひらけたようなときめきすら覚えた。

百合沢錬平に関する本も、二、三冊見つかった。ことに「現代の染織」といううすい大型本のシリーズの一冊には、型染の工程にそって、仕事をしている百合沢の写真が載っていた。手許が大写しにされているものもある。そこにある彼の手は、週刊誌のグラビアに写っていた手より、骨太で節くれ立っているように見えた。左の拇指と人差指の間にあるはずの傷跡は、こちらの写真ではしかとは認められなかった。

「現代の染織」は、昨年秋に発刊されていた。ほんの一年前だが、その中の百合沢は、週刊誌のグラビアより、見ちがえるほど若々しく、生気に満ちていた。

(あのグラビア写真は、百合沢が脳血栓で倒れて以後に撮影されたものではなかっただろうか……?)

滝子は推測した。またもしそうだとすれば、彼はすでに退院して、東区高木町の自宅へ帰っているのではないかと思われた。大島の着物に洒落《しやれ》たニットのマフラーを巻いていた百合沢は、入院患者らしくなかったし、バックにぼんやりと写っていた床の間の感じも、病院のムードとはちがっていた。

「現代の染織」の巻末には、年譜も添えられていた。

彼は昭和三年生まれで、従って現在五十一歳と思われる。三十三年に、型染の無形文化財保持者大坪里祥の長女苑子と結婚している。昭和三十三年は、一九五八年に当り、瀬川の遺品に混っていた結婚指輪の裏に彫りこまれていた年と同じだった……。

海岸線に沿って北上する電車が、ターミナルのM駅に着いたのは、昼すぎになった。秋晴れの日曜日で、駅と、それに続くデパートや商店街にも、人波があふれていた。

滝子は、デパートの六階で結婚のお祝いにあげる陶器を買い、それはひとまず自宅へ配送してくれるように依頼した。

デパートの一階は、ホテルの正面玄関と隣接していた。

ホテルのロビーのガラス張りの内側に、花屋が見えた。

花々の美しさに魅かれるように、滝子はオートドアを通って中へ入った。

薔薇《ばら》、カーネーション、カトレア、菊……棚《たな》の上のりんどうの鉢植えが最後に目に止った。濃紫の筒型の花は、みんなまだひっそりと蕾《つぼみ》を閉じている。緑の葉と、瀬戸物の鉢の白さがすがすがしく映った。高価な花ではないが、少し季節に早いところが珍しいかもしれない。それに、百合沢は、絢爛《けんらん》豪華と呼ぶにふさわしい作品の中で、よく見れば素朴な野花を、しばしば紋様にとり入れていた……。

滝子はりんどうの鉢を買って、地下鉄に乗った。

県庁所在地のM市へは、学生時代からよく遊びに来たので、およその地理はわかっていた。

五月に東署へ行った時と同じ駅で、地下鉄を降りた。

改札口を出たところに、付近の町内地図が掲げてあった。まちまちな角度に少しずつカーブした網目のような道路と、それに沿った細かい仕切りの中に、各家の苗字《みょうじ》が記入されている。

高木町の区域内に「百合沢」の文字が見つかった。目の前の大通りより三本ほど北に入った道の先にあるようだ。

滝子は、暖かい陽光の降り注ぐゆるい坂道をのぼっていった。M駅付近の人出とは対照的に、昼下りの住宅街はひっそりとしている。時たま、若い主婦がベビーカーを押して行くのや、父子らしい二人がキャッチボールをしている光景に行き遇う。

坂がやや急になって、比較的旧い高級住宅地の雰囲気に変ると、滝子は家ごとに門標を改めて歩いた。そろそろ百合沢家の付近に来ているはずだった。

木犀《もくせい》の生垣の間に、風格のある木の門が見えた。滝子はある程度の予感を覚えながら、近寄った。

——案の定、〈百合沢〉と見事な墨筆の表札が掛っていた。

正面の門扉は閉まっていた。左手に潜り戸がついている。生垣の内側には、和風の二階屋の白壁と灰色の瓦屋根が覗いていた。

滝子は少しの間、その場に佇んでいた。閑静な一画である。周囲の家からも、ほとんど物音は聞こえない。門の影の下に立っているだけで、滝子は心臓が苦しいほど高鳴ってきた。

たぶん、百合沢錬平に会うことはむずかしいだろう。それも彼が現在この家にいると仮定しての話だが。

（会えなければ、別にそれまでのこと……）

滝子はふと迷いをふっ切るような早足で、三段ほどの石段をのぼった。門柱の上のブザーボタンへ指を当てた。

二回押して、待った。やはり胸がドキドキしている。

家人が出てくるような気配はなかった。

もう一度、長めに押した。

家の中でブザーが鳴っているかどうか、ここまでは聞こえなかった。

息をひそめて待ったが、誰も現われそうになかった。

こわごわブザーを押したのだが、何の反応もないと、滝子はがっかりした。留守なのか、それともブザーが壊れているということもあるかもしれない。

潜り戸のノブに手をかけてみた。捩《ねじ》ると、戸は意外なほど軽く内側に開いた。

少し躊躇《ちゆうちよ》したが、そっと足を踏み入れた。

門から三、四メートルひっこんだ位置に、家の玄関があり、格子戸がひっそりと閉まっている。玄関の柱にも、ブザーボタンがついていた。

滝子は再びブザーを押した。

これにも応答はなかった。

滝子は周囲を見廻した。植木の間に、庭先へ通じる細い道がついている。玄関の付近は翳《かげ》っているが、庭のほうには明るい陽が射している。

思わず二、三歩、滝子がその道を入ってみたのは、いかにも気持よさそうな庭の一部が覗かれたからである。槙《まき》やつつじの低い植込みの先には、可愛らしい噴水が光っている。ずっと奥には雑木林でもある様子――。

あれほど華麗な着物や屏風を染めあげる染織工芸家の住居とは、どんなものなのだろう？　工房もこの敷地内にあるのだろうか……？

多少の好奇心が働いた。それと、滝子はまた、ある種の予感に惹《ひ》き寄せられていた。

道の曲り角まで行くと、庭全体が視野に入った。コの字型の建物が、庭を囲っている。反対側が雑木林で、疎《あら》い竹垣がつけてあった。

少しばかり繁りすぎている植込みや、セメント敷きになっている場所、家の長い縁側にも、豊かな陽光がふり注いでいた。

手前の棟の、滝子からは五メートルも離れてない縁側のガラス戸が開いていて、和服を着た男が一人、椅子に掛けていた。日光浴でもしている感じで、こちらに顔を向けている。闖入者《ちんにゅうしゃ》の滝子に当然気がついているはずだが、彼はただ黙って見守っているようだった。

（百合沢錬平……）

滝子は直感した。着物の襟元にマフラーを巻いている姿や、顔の輪郭からも、疑いはなかった。

さすがに滝子はハッとして、硬直したように立ち尽くした。――が、百合沢はいつまでも、滝子を咎《とが》めるふうではなかった。

やがて滝子は、勇気をふるって、目を伏せた遠慮がちな姿勢で歩み寄っていった。

そばまで行って、顔をあげた。

百合沢と正面から視線を合わせた。

落ちくぼんだ眼窩《がんか》の奥で、眸《ひとみ》が射るような光を帯びている。滝子は思わず怯えて、なかば上《うわ》の空でりんどうの鉢をさし出した。

「先生がご病気とうかがいまして、お見舞いに上りました」

百合沢の膝が、滝子の眼前にあった。焦茶色の暖かそうな着物の膝に、袖口から出た両手が並んでいる。すんなりと伸びた十本の指。すべすべした肌。とくに小さくはないが、男にしては華奢《きやしゃ》で、知的な感じのする手のかたち——。

滝子は夢中で身を乗り出して、彼の左手を凝視した。拇指と人差指の付け根の甲に、あの忘れられない鉤型《かぎかた》の傷跡が、やはりくっきりと刻まれていた。

滝子は花の鉢を縁側の下の石に置き、深く息を吸いこんでから、再び顔をあげた。

百合沢は目許に皺《しわ》を寄せ、唇を平たく開けて少し歯を見せていた。顔全体がちょっと片側に引きつれている。一見して、笑っているのか、怒っているのか、見分けがつかないような表情であった。

「不思議ですわ……」

滝子の口から、自然にことばがすべり出ていた。

「こんな不思議なことって……」

百合沢がゆっくりと瞬きした。まるで、滝子が呆然としている理由《わけ》を尋ねているかのように——。

「失礼ですが……先生はいつ、この左手のお怪我をなさったのでしょう？」

百合沢の眼光が、鋭さを増した。

二呼吸ほどののち、彼の唇が動いた。声が出たのは、心持ちあとだった。

「あなたはなぜ、そんなことを訊く……？」

上顎にこもった声は、ようやくそのように聞きとれた。脳血栓などの発作のあと、言語障害が遺っている人にありがちな、不明瞭な発音であった。

「はい、あの……急に変なことを申しあげるようですけど、私が親しくしていた男性が、今年の五月末に、交通事故に遇いまして……この近くの道路でトラックに撥ねられて、大矢外科へ運びこまれたんですけど、翌朝亡くなったそうです。その人が……瀬川聡というんですが、彼の手が、先生にそっくりで……この左手の傷跡なんかも……」

滝子は突然涙がこみあげて、声をつまらせた。二度と逢えるはずのなかった瀬川の手が、そこにある。握りしめたい衝動を、けんめいにこらえていた。

（私はどうかしている。落着かなければ……）

理性の一部が、囁《ささや》いていた。

「若い人だったの」

百合沢がまた尋ねた。努力して、わかりやすいように喋っている声だ。

「ええ、二十六でした。S市に住んでいて、建築設計事務所に勤めてたんですけど……」

百合沢は、目をむいて滝子を見据えている。鼻梁《びりよう》が高く、唇をへの字に結ぶと、意志的なきびしい容貌になった。その顔に、なにか性急な好奇心が現われ出ているのを、滝子は認めた。

「仕事に自信を失くしてましたから……もしかしたら、自殺だったのかもしれません」

「自殺……？」

「いえ、はっきりとはわかりませんけど、ノイローゼみたいになって、家出してたことは事実なんです。もともとっても気の弱い人で、現場で工務店の人を使いこなせるようなタイプじゃなかったですし……」

百合沢錬平の前で瀬川のことを喋っている今という刻が、ふと現実離れしたもののように、滝子には感じられた。

「うむ」と百合沢は小さく頷いた。その熱心な眼差は、やはりなぜか、滝子の話を促しているかに見えた。

「体格はとても逞《たくま》しくて……彼も自分が精神的に弱いことを知っていて、それで高校のころから、一生懸命スポーツをやったといってました。テニスや水泳やアイスホッケーなんか……」

せめて身体だけでも強健でありたいと、彼はひたむきに希《ねが》っていたようだ。いや、肉体を鍛えることによって、精神をも強靭《きょうじん》にしたいと考えたのだろう。本当に彼の身体はのびやかでいて、均整がとれて美しかった。もしかしたら滝子は、瀬川の心以上に、彼の肉体を愛していたのかもわからない。百合沢に向かって話しながら、滝子は今改めて、そのことに気づきはじめていた。

そうだ。だからこそ、こんなに鮮やかに憶えているのだ。瀬川の身体の、一つ一つの特徴までも。彼の死を、理性では認識しているつもりでいながら、滝子の感覚は、まだどこかに彼の肉体を捜し求めているみたいに……。

滝子の視線は、おのずとまた百合沢の手に吸い寄せられていた。さっきから少しも動かず、膝の上に置かれたままの白い手――。

百合沢は、もう口を閉ざして、滝子にはわからない、何か茫乎《ぼうこ》とした表情をたたえていた。遠くに向けられた眸からは、鋭い光が消え、むしろ物悲しくさえ見えた。

（まるで贖罪《しょくざい》を願う人のような……）――滝子は唐突に、そう感じた。

ひそやかな足音がして、座敷の襖《ふすま》が開いた。

蘇芳《すおう》色の着物を着た大柄な女性が入ってきて、滝子を認めると驚いて足を止めた。すぐにまた急いで縁側に出てきたが、鼻筋の通った上品な顔には、明らかに滝子を咎める険しい気配が現われていた。

（この女《ひと》が苑子夫人……？）

年配は四十前後。百合沢の作品かと思われる大胆な紋様の着物をきりっと着こなし、立ち姿の美しい女性を見あげて、滝子は思った。

「あなたは?」と彼女が訊いた。

「あの、ちょっとお見舞いに上った者です。先生がご病気だったとうかがったものですから」

「あら、それはどうも」

「奥さまでしょうか」と、滝子は念のために尋ねた。

「ええ。——失礼しましたわ。ついそこまで出掛けていたものですから」

彼女は取繕った微笑を浮かべたが、強い眸が依然警戒的に滝子を見廻していた。夫の身体を見知らぬ訪問者から遠ざけるように、椅子を引いた。それで滝子ははじめて、百合沢が車椅子に掛けていることに気がついた。

「こちらこそ、無断でお庭まで入りまして……でも、先生のお姿をお見かけしたら、どうしてもお見舞いを申しあげたくなったものですから。——脳血栓とお聞きしましたけど、お加減はもうよろしいのでしょうか」

「ええ、お蔭様で。もともと軽い発作ですみましたので」

「では、またお仕事がなされますわね」

「無論またはじめますわ。今しばらくは安静にしていないといけませんけれど」

夫人が帰ってきてからは、もっぱら彼女が滝子の相手になった。病後の夫を外界から

でしょう」

「ええ、リハビリの効果がありましてね。間もなくこんな車椅子も、必要なくなります
が、いや滝子にとっては瀬川の手が、もう一度動くのが見たい……。

不躾《ぶしつけ》と思いながら、滝子は訊かずにはいられなかった。もしできるなら、百合沢の手
「それでは、手足もご自由に……？」

庇《かば》うような態度に感じられた。

夫を力づけると同時に、世間に対して宣言するようにも聞こえた。

が、百合沢は黙ったまま、膝の上の手を動かそうともしなかった。

「失礼ですが、先生は大矢外科医院に入院なさっていたのではございませんか」

苑子の顔がかすかにこわばったかに見えた。

「すぐご近所ですのでね。いろいろお世話になりましたけど」

平静な声で答えた。

「それなら、何かのまちがいで紛れこんでいたのかもしれません……」

滝子はバッグを開け、小さな木箱を取出した。ティッシュペーパーに包んであったも
のをつまんで、夫人のほうへ差し出した。指先がわずかに震えた。

「もしかしたら、この指輪は、百合沢先生が嵌《は》めていらしたものではありませんでしょ
うか」

苑子は、それがすぐ胸元まで来てから、おずおずと手に取った。

「実は私のお友だちが、五月に大矢外科で亡くなりまして、その人の遺品の中に混じっていたんですけれど……」

プラチナの結婚指輪を凝視《みつ》めている苑子の顔から、目に見えて血の気が退いていく。彼女は右手で車椅子のパイプを握りしめていたが、彼女の身体と、指輪をつまんでいる左手が、異様なほど前後に揺れはじめた。

どれほどかして、指輪は彼女の指先からすべり落ち、縁側の床で跳ねて、りんどうの鉢のそばで止った。

爪

1

「信じられないような話だな」

ホテル・ニューオリエントの重役室で、紺野副社長が鼻にかかった調子外れな声でいった。

「そうなんです。私もただの噂ならお耳にも入れないいんですが、さっき専務がわざわざ私を呼びとめて、そうおっしゃったものですから」

副社長秘書の中西も、憮然《ぶぜん》としたように口を尖《とが》らせた。

「社長が手術を受けたと、専務が直接君にいったのかね」

「ええ、確かに。一か八かの大手術だったが、幸い経過は良好で、この分なら持ち直すかもしれないと……」

「専務がはったりをいってるんじゃないのか」

紺野はちょっと粗野な口調で切り返した。専務は、肝臓癌で大学病院に入院中の多賀谷徳七社長の息子である。

多賀谷社長と紺野との間は、ここ三年ほどで、急速に悪化していた。もともとソリが合わなかった上、多賀谷がホテルの新館拡張を急ぎ、紺野が反対したことが、対立を表面化させたのだ。紺野の目から見れば、多賀谷は文字通り社運を賭《か》けるような危険を押して、着工に踏み切った。

新館は現在、およその外装を終り、内装と配管設備などにかかっている段階である。建築工事の進行につれて、多賀谷と紺野との溝はいよいよ深まり、今では営業の現場まで二派に分れて、伝達がスムーズに行き届かないような事態すら発生していた。

それというのも、絶対的ワンマン社長だった多賀谷が、この六月に病いに倒れ、不治の癌との噂が流れるほどに、社長派だった幹部たちが動揺をきたして、紺野の側に寝返る者が増えたせいでもあった。

多賀谷社長と息子の徳一郎専務にしてみれば、そうした地崩れを食い止めるためにも、まだまだ社長は健在だという印象を社内に流布させたいにちがいないのだ。

専務のはったりかとあやしんだ紺野の内心には、そんな情勢が投影していた。

が、秘書の中西は、かえって真剣な顔つきで首を傾《かし》げた。

「いや、それが、まったくのはったりでもないような口吻《くちぶり》なんですね。術後二週間くらいは油断できないが、そこを通り越せば、あとは快方に向かうだろう。もう少し状態が安定してから社内にも公表するつもりだが、とりあえず副社長には伝えておいてほしいと、専務も大分興奮しておられるみたいでしたよ」

「いつだというんだ、社長が手術を受けたのは」

「一昨日だそうです」

「しかし……あれは何日だったかなあ、君といっしょに見舞いに行ったのは」

紺野は椅子を廻して、カレンダーを見あげた。

「九月四日の火曜ではなかったでしょうか」

「ああ、そうだ。それからつい先だっても、わたし一人で出掛けたんだよ。二十日すぎだったと思うがね。相変らず意識はしっかりしていて、強気なことをいっていたが、衰弱がひどくてね。顔にはもう死相が現われているみたいだった。正直なところ、社長はもう半月も保たんのじゃないかと思いながら帰ってきたんだがねぇ」

それからちょうど半月ほど経った、今日は十月五日であった。紺野は、出社した早々に中西が入ってきて、『ちょっと社長のことで……』と声をひそめた時、社長がいよいよ危篤だといったニュースがもたらされたものと考えたほどだった。

「第一、入院した当初から、手術は不可能ということではなかったのか」

紺野は、どこか老獪《ろうかい》そうな印象を与える狭い額に横皺を寄せて、秘書を見あげた。

「ええ、内科部長の話では、そうだったわけですが……」

六月に検査を受けて、そのまま入院した多賀谷の病状は、社内には〝慢性肝炎〟と伝えられていた。が、紺野は、見舞いに行った折の社長の様子や、病室の雰囲気から、不審を抱いた。専務や房江夫人に探りを入れてみても、確かなことはわからない。そこで彼は、国立大学のコネをたぐって、多賀谷の主治医のボスに当る第一内科の部長から、ひそかに診断を聞き出したのだ。その結果は、かなり進行した肝臓癌で、手術不能ということであった。

「それを今になって急に手術をしたというのは……」

「ですから、相当に冒険的な手術ではあったようですね。一か八かの賭けだったと、専務もしきりと繰返しておられましたから。ところが奇蹟的に成功して……」

「奇蹟的に、か……」

紺野は、白っぽい目を不満そうに瞬きさせた。

「どうも信じられんな」

もう一度呟いたが、やがて口許を引締めて、声を落とした。

「ともかく、この話はまだあまり広がらぬようにしておくことだ」

だが、彼の意に反して、社長が手術に成功したという情報は、社長派の重役連の身辺から、たちまち社内に浸透した。

2

高原典代が高知でその報らせに接したのは、十月五日午前十時すぎであった。

典代は、九月はじめに、産後間もない身体を無理して、父親の見舞いにM市まで出向いた。父の小森貞利は、典代が前置胎盤で高知の病院へ入院した十日後の七月二十一日、脳出血の発作に襲われ、M大学病院へ運びこまれていた。幼いころ母を失い、父親の手一つで育てられた典代は、人一倍父を慕う気持が強い。すぐにも駆けつけたかったが、無事に子供を産むためには絶対安静を余儀なくされた。

八月二十日に帝王切開で出産した彼女は、二週間後の退院を待ちかねるようにして、M市へ飛んだ。

それから二週間あまりは、植物状態で眠り続ける父親のそばに付ききりになって、看病した。といっても、H・C・Uに入院している患者の主な世話は、ほとんど看護婦に任されており、付添いの家族にできることは少ない。巡回の看護婦が患者の体位転換や身体の清拭をしてくれる時には、それを手伝ったり、あとはマッサージくらいだった。それで典代は、暇さえあればひっきりなしにマッサージを続けた。寝たきりの患者は、関節が固まりやすく、たえず揉みほぐしてやらないと、意識を取戻しても手足が動かなくなる、と義姉の裕子や看護婦に聞いたからである。

発病前よりひと廻り小さくなった父親の身体をさすり続けながら、典代は、意識のない父親と無言の対話をはじめた。彼が今睡眠サイクルにあるのか、覚醒《かくせい》しているのかは、眸の動きを見ればわかる。そればかりか、喜んでいるのか、怒っているのか、空腹だとか眠いとか、さまざまの感情がありありと読みとれるような気がしてきた。典代が心で話しかけると、きっとまた心の中に、父の答えが返ってきた。父の方から雑談をしかけたり、苦情をいったりすることもある。そういうときには、精一杯彼のいい分を叶えてやるように努めた。——しだいに典代は、父と自分とのそんな間柄に、一つの安らぎを見出しかけていた。

典代はいつまでも付添っていたい気持だったが、未熟児室に入れたままにしてきた赤ん坊の容態が悪いという連絡を受けて、九月二十一日に高知へ引返した。

今度は毎日赤ん坊の病院へ通う生活が続いた。母親が帰ってきて安心したのか、やがて発熱や呼吸困難がとれ、赤ん坊は元気を取戻してミルクを飲みはじめた。それでもあとひと月くらいの入院は必要だろうといわれていた。

典代は、毎朝九時半ごろ家を出て、十時には病院へ着いた。午後一時ごろまで嬰児《えいじ》の様子を見守っていて、二時には帰宅した。病院の面会時間は午後と決っていたが、看護婦たちも黙認してくれていた。典代とすれば、上の子の晃が学校から帰ってくるまでに、なるべく家に戻っておきたかった。

十月五日の朝も、ちょうど十時ごろ病院へ着いて、未熟児室に入りかけたところを、看護婦に呼びとめられた。

「十分ほど前に、お母さんからお電話があって、家に掛けてくださいって」

夫の母にちがいなかった。典代が七月に入院した時、東京から高知へ来てもらって、そのまま居続けになっていた。

典代は廊下の赤電話から自宅へ掛けた。

「ああ、今さっきね、実家のお兄さんが電話してらしてね……」

義母の声を聞いた瞬間、典代は視界が暗くなるような感じを覚えた。

「お父さんがね、お亡くなりになったんですって」

「えっ？……ほんと？」

「昨日亡くなったとかで、典ちゃんにもすぐ来てほしいって」

「そんな……いつなの？」

気が顚倒《てんとう》して、チグハグな質問をしていた。

「昨日の夕方といってらしたけど」

「そんな……そんなはずないわ、この間まであんなに元気だったのに！」

「とにかく、すぐ帰ってきてね」

義母は典代に冷静を促す口調でいって、電話を切った。

典代は病院をとび出し、ちょうど外来患者が乗ってきたタクシーに駆けこんだ。震える声で、自宅の町名を告げた。

彼女にしても、父親の死がありえないことだと信じていたわけではなかった。いや、植物状態の患者なら、いつ死んでも不思議はないと覚悟しておかなければならないのかもしれない。

しかし、今の典代は、父親がひどく唐突で不当な死に見舞われたような激しいショックを受けていた。兄夫婦にまた父を任せて、ひとまず高知へ帰ってきたのが、つい二週間前のことである。別れぎわ、父が案外平静でいてくれたのに、典代はホッとした。また来ることがわかっていたからにちがいない。

『今度は晃も連れてくるわね。学校休ませたっていいわよ。あの子もとっても心配して、おじいちゃんに会いたがってたんですもの』

典代は父の手を握って、声に出していったものだ。すると、

『ああ、楽しみにしているよ。しかし、赤ん坊のほうの心配がなくなってからでいいんだよ。わたしはちゃんと待っているからね』

父親の答えてくれる声が、典代には聞こえた気がした。その時、彼の眸はしっかりと彼女を見守り、口許には優しい微笑すら浮かんでいたのだ。

典代は、主治医の佃助教授にも、何度も頭をさげて頼んできた。

『呼吸状態や心機能も今のところ安定してますからね。今日明日にどうこうという変化はないと思いますがね』

いつでも少し眉《まゆ》をひそめている神経質そうな佃も、慰め顔でいってくれた。

(あんなに元気だったのに!)

典代はやはりそう思わずにはいられない。

(急に亡くなったなんて……?)

ふと変なことに気がついた。

父が昨日死んだものなら、なぜ昨日のうちに兄から電話が掛らなかったのであろう?

そのうちに典代は、ふと、もしかしたら学校名を義母が聞きちがえたのだろうか。

「何かのまちがいかもしれないわ」

典代は声に出して呟いた。すると心の中へ一縷《いちる》の希望がさしこんでくるのを覚えた。

彼女は運転席のほうへ身を乗り出して、

「先に相生小学校へ寄ってくれませんか」

晃が通学している学校の名前を告げた。

(今度は晃を連れていくと、お父さんに約束したんだから)

3

典代は小学二年の晃の手を引いて、高知発十二時半の飛行機に乗った。夫の高原には、会社へ電話を掛けて、自分が向うへ行ってから様子を知らせるので、それから来てほしいといってあった。

飛行機と新幹線を乗り継いで、典代たちがM市の実家へ着いたのは、二時半すぎになった。

家の前でタクシーを降りた途端、典代は父の死が不動の事実であることを悟らされた。昨年改築したモルタル二階屋の玄関先には、黒と白の幕が張られ、「忌中」の紙が、曇り空の下で寒々とはためいていたからである。

土間には、履き物がたくさん脱いであった。

典代と晃は座敷へ駆けこんだ。

ほの暗い八畳間に祭壇が設けられ、棺が据えられていた。

その前に黒い背広を着てすわっていた兄の利幸が、典代を認めて立ちあがった。部屋の中には座布団が一面に敷かれ、嫂《あにょめ》の裕子、子供たち、それに三、四人の親戚の顔が見えた。

「遅かったな。待ってたんだ」

利幸が典代と晃を見比べるようにいった。

典代は棺に縋《すが》りついた。棺の蓋は開いていたが、前に線香や供物を並べた台があるので、頭のほうから覗きこむしかなかった。

貞利の顔は灰白色で、ところどころに青味がかったシミが浮き出していた。瞼《まぶた》をうすく開けている。ひどく頬がこけていた。口を縦に開けて綿を詰められているので、よけいそれが目立つのかもしれない。またそのために、彼の顔は、病院で眠っていた時より、少しきつく見えた。

典代は手を入れて、父の頬にさわった。硬くて冷え冷えとしていた。石に触れた以上に冷たく感じられた。

（もうどうすることもできない。お父さんは遺体になってしまった……）

鉛の塊が身体の芯《しん》を貫くような絶望感と共に、典代は現実を理解した。

手に触れる場所をしきりにさすりながら、典代は泣き続けた。

どれほどかして、利幸が典代の肩を持って、引離すようにした。

「もうすぐお坊さんが見えるからね」

典代は目を開いて、ぼやけた視界の中で、もう一度父の死顔を凝視した。彼女の手は、父親の頸のあたりにかかっていた。経帷子《きょうかたびら》を着せられた貞利の頸には、肌色の大きなテープが一廻り貼られていた。

「どうしたの、これ?」

「気管切開したんだよ。穴を開けた跡が痛々しいからね」

「どうしてまた? この間まで自分で呼吸してたのに」

「うむ……」

事情を説明しようという顔で、利幸は典代を縁側の端まで引っぱっていった。

「五日ほど前まではどうってことなかったんだよ。ただ、お前がいた時にも、お父さんの喉《のど》がいつでも少しゼーゼーいってただろう? 自分で痰《たん》が出せないので、どうしても溜りやすいんだそうで、看護婦さんが吸引器で吸い取ってくれてたんだけど、十月一日の午前二時ごろだったそうだが、突然気道内に異物がひっかかって、呼吸停止してしまった……」

その時、そばには誰も付いていなかったが、看護婦のいるモニター室のランプが、患者の異変を告げた。看護婦は小森の状態を目で確かめてから、医師を呼んだ。

「そのちょっと前に、I・C・Uに救急患者が運びこまれたばかりで、当直の先生方はみんなそっちへ行ってたそうだ。いや、それでかえって人手が揃《そろ》っていて、今度はすぐお父さんのほうに集まってくれて……でもその時には、お父さんは呼吸も心臓も止ってしまってたんだ」

医師達は直ちに蘇生《そせい》術にかかった。人工呼吸と心臓マッサージが同時に行なわれ、輸液の静脈が確保された。

その結果、小森の心臓は再び自動運動を取戻した。そこで、気管切開し、人工呼吸器に繋《つな》いだ。

「家に電話が掛ってきたのが、二時四十分ごろでね。裕子といっしょにとんでいったんだ。お父さんはまた人工呼吸器をつけられてたけど、安静に呼吸してるようだったよ。心電図もしっかりしてた。ところが、脳波が出ないと、先生がいわれるんだよ」

「脳波……？」

「そういわれてみると、なるほど脳波の線が平べったいんだ。お父さんは頭に、脳波測定用のコードをいっぱいつけられてて、それが機械に繋がって、受像器に脳波が出るわけなんだけど、その線が平坦《フラット》になってしまうと、これは脳死したことなんだそうだ」

「……」

「その晩は、佃先生もちょうど泊ってらして、即座に応急処置をとってくださったんだけど、それでも、蘇生術を開始するまでにどうしても七、八分はかかったらしいんだね。その間は脳の血流が途絶えていたわけで、それで、脳が死んでしまった。――いや、しかし、植物人間の最期としては、いちばん頻度《ひんど》の高い、つまりよくあるケースだと、先生はいってらしたよ。ともかく、いったん脳死してしまった人間は、もう絶対に元へ戻すことはできないんだ。脳死が、つまり死なんだから」

利幸は、ふだんの早口で喋っていた。父の死が避けられないものであったことを、妹に納得させようとして、妙に焦っているみたいな気配すら窺《うかが》われた。

「それじゃあ、お兄さんたちが病院に着いた時には、お父さんはもう亡くなっていたの」

「そういうことだね。心臓はまだ動いていたけど、呼吸は人工呼吸器の力によってただ機械的に持続させてあるというだけだしね。脳波はフラットで、だから頭はもう永久に生き返ることのない状態で、瞳孔もすっかり開いてしまってた」

典代はまた胸が潰れるような悲しみに襲われて泣きじゃくった。

「ふつう、脳死してしまえば、人工呼吸器を付けていても、数日以内に心停止する人が大部分だそうだ。でも、まれには、長いこと心臓が動き続ける患者もあるということなので、もしかしたら、おまえがまたこっちへ来られるようになるまで、そういう状態で保たせられるかもしれないと思ったんだけど、でも、やっぱり駄目だった。十月四日の午後四時すぎに、自然に心臓が止ったんだ」

「昨日の四時に……？」

「ああ」

「どうしてすぐ報らせてくれなかったの！」

典代はけんめいに顔をあげて、叫ぶようにいった。

「いや、実はねえ……」

利幸も辛そうに唇を噛んだ。

「今だからいうと、解剖させてほしいと、佃先生に頼まれたんだよ。先生の立場としては、遺族が解剖を承諾しないとまずいらしいんだね。これまで長いことお世話になった先生だからねえ、どうぞと答えるしかなかったんだけど、おまえにいうと反対するかもしれないと思ってね。それで電話を掛けそびれたんだよ」

「じゃあ、お父さんは、解剖を受けたの」

「うむ。それで遺体が返されてきたのが、夜の十時ごろでね。今度はそんな遅くにおまえに電話したって、飛行機がないだろう。どうせ来るのは今日になるんだから、それなら一晩でも悪い報らせは耳に入れずにおこうと、裕子とも話しあってね……」

「だって、そんな……第一、お父さんが、脳死をしたという時に、私を呼んでくれてたら……」

「いや、医者の説明を聞けば脳死ということなんだけど、見かけは、また人工呼吸器を付けただけで、だから最初にI・C・Uに入ってたころと変らないみたいだったからね。このままた長く生きるんじゃないかと、ほんとに考えたんだよ。おまえもまだ産後の身体だし、この間の無理が響いてやしないかと、心配もしてたもんだから……」

脳死がつまり死なのだと、力説していたさっきの口吻とは、微妙に矛盾していた。

「私の身体なんて……そんなことより、私もせめてお父さんの死に目に会いたかったのに……！」

典代は恨むように、兄の喪服の腕に爪を立てた。父は結局意識を取戻さぬままで亡くなったらしい。でも典代には、父が植物状態にあるうちは、無言の対話をしているという実感があった。生きている限り、ずっと心は通いあっていた。しかし、死んでしまえば……呼吸も体温も失って棺の中で石のように硬直した父の身体は、さすがにもう、別世界へ旅立ってしまった人の亡骸としかいいようがなかった。精神と肉体の営みが両方共止った時、はじめて父は、典代にとって死んだのである。父の死に目に会いたかったということばは、自然の気持から迸《ほとばし》り出たものだった。

「ほら、お坊さんが来られたらしいから」

利幸が玄関のほうを見て、なだめるように典代の肩を押さえた。裕子が迎えに出ていた。僧侶の後には、弔問客らしい人影も見えた。

「これからお経なの？」

「ああ。お経がすんだら、三時半に出棺だからね」

「そんなにすぐ……？」

典代は目をむいた。

「だって昨日がお通夜だっただろう。今日が密葬で、もう焼かないと保たないからね。

それでお前が着くのを待ってたんだよ。火葬場には四時までに運ばないといけないんで……出棺の時にはご近所の人も集まってくれることになってる」

「………」

弔問客はほとんどが町内の主婦らしかった。裕子に挨拶しては、上って座布団にすわった。葬儀屋らしい若い男も出入りしている。すべてが何かあわただしくとり運ばれていくようであった。

利幸に背中を押されて、典代は仕方なく座敷へ戻った。

晃がまだ棺のそばにいた。典代のあとからこの部屋へ入った晃は、お棺の足のほうにまわって、祖父にとり縋っていたらしい。貞利は、孫の中でもとりわけ晃を可愛がっていた。今年の四月に高知へ移転するまでは、晃はのべつこの家に泊りにきて、祖父の布団にもぐりこんで寝ていたものだった。

典代は晃の後へ歩み寄って、子供の肩を抱いた。

「お坊さんのお経がはじまるからね。あっちにすわらないと……」

晃は棺の中へ両手を入れていた。遺体は白い着物に包まれていたが、それが長めのためか、両足もすっぽり隠れてしまっている。晃は裾から手を入れて、祖父の足を撫でていた様子だ。寒い日には、『おじいちゃんの足は湯たんぽみたいだろう』といっては晃の小さな足の上に自分の足をのせたり、しもやけの指を挟んで温めてやっていた貞利の仕種《しぐさ》が、典代の瞼に甦《よみがえ》った。

晃が息をひそめるようにして動かないので、典代は顔を覗きこんだ。頬が濡れていたが、今は泣いてはいなかった。

「おじいちゃんの足、小さくなっちゃった」

晃が沈んだ声でいった。

「爪もうすーくなってるよ」

子供の声には、不審さと失望感とが混りあっているように聞こえた。

「ほら、ね……」

晃の手が着物の裾をはぐると、二つの足がのぞいた。足も青白く、こわばっている。

生前、貞利は大足で、甲が高く、横幅も広いので、なかなか合う靴がないといってこぼしていた。いつも少しきつめの靴を無理してはいていたせいか、指がひしゃげたように変型し、黒い筋の入った強《こわ》そうな部厚い爪がついていた。その足は、彼の三十余年の勤め人暮しを物語るかのようでもあった。

今、棺の中に横たわっている足は、典代の記憶よりは二まわりも小さかった。すんなりとして、甲も低い。指先には細くてうすい爪が生え揃っている。それはたとえば、いつも軽い靴をはいて、めったに歩かず、たまに柔らかな絨毯《じゅうたん》の床を踏んでいた足のように見えた。

「死んでしまうと、みんな小さくなっちゃうのよ」

典代は呟いて、晃の腕を取って引離した。

(解剖のせいだろうか?)——一瞬思ったが、そんなはずはなかった。

典代は、経帷子の裾を元通りに直した。自分の指が遺体の爪先に触れた瞬間、なぜかビクリとしてその手をひっこめた。

その時、利幸が急いで歩み寄ってきた。

「早くこっちにすわらないか」

彼は刺すような目を、典代から晃へ移した。それほど険しい顔をした兄を、典代は今まで見たことがなかった。

訃報

1

島尾丈已のアパートで、夕方電話が鳴れば、それは大抵、彼の型染教室へ通ってくる主婦からであった。材料や下絵のデザインについて、些細な相談を持ちかけては、長々と喋る主婦が二、三人いた。みんな子供が中学や高校になっていて、夕方の塾に行くので、かえって暇らしかった。

十月九日の午後五時まえにも、彼はしばらく、その種の長電話の相手をさせられた。途中で苛々してきたが、大事なお客と思えば、あまり粗略な返事をするわけにもいかない。

百合沢鎌平に破門されて以後の島尾は、週に二回、3Kのアパートで主婦やOL向けの型染教室を開くことと、父親が働いている染工場から廻してもらう多少の下請け仕事とで、どうにか生計を立てていた。たまに、自分で染めた着物を知合いの呉服屋に持ちこむこともあるが、なかなか満足な値段には売れない。それでも、どしどし大量生産すれば収入も上るのだろうが、狭い上に、小さな子供のいるアパートでは思うに任せず、それに、彼はこのところ、仕事をしたいという意欲がどうにも萎《な》えてきてしまっていることを感ぜずにはいられなかった。

百合沢に下絵を見せに行って、突っぱねられて以来、展覧会に応募してみようという気力も失せていた。

昨年結婚して、暮れに子供が産まれてからは、生活もいよいよ楽ではなかった。

ようやく受話器を置いた島尾が、柱にもたれて煙草をふかしていると、ベランダで洗濯物を取りこんでいた妻の和美が振り向いた。

「今年の伝統工芸展には、百合沢先生は出品しなかったんですってね」

和美はちょっとおたふく顔だが、色白で女っぽい風情を持っている。街の画廊喫茶に勤めていて、島尾とは彼が百合沢の許へ弟子入りする以前から知合っていた。

この秋の伝統工芸展は、東京での会期を終り、昨日からはM市のデパートで開催されていた。今朝の新聞に紹介記事が出ていて、地元の百合沢錬平が病気のため出品していないのが寂しいといったことが、最後にちょっと触れてあった。和美はそれを読んだのであろう。

「ああ……」

「病気、そんなに重いの」

「さあ、あんまりくわしいことは聞いてないがね」

った。

　和美は首を傾げて流し目をした。島尾は彼女に、百合沢の門下を離れた事情は一通り打ちあけたものの、逆鱗《げきりん》に触れて放逐されたというような話し方はしていなかった。まして、五月に百合沢に詫びを入れに行って追い返され、雑木林で彼を襲ったことや、九月初めに工房で彼を見かけ、仰天して逃げ帰った出来事などは、いっさい秘密にしてあった。

　和美にしてみれば、島尾がいつでも百合沢の工房へ出入りできるくらいに、呑気に考えている。そして、なるべくなら、夫がますます彼に目をかけてもらい、あちこちの展覧会に出品するようになることを、希っているにちがいなかった。

「もう少し様子がわかってから行こうと思ってるんだ。あんまり悪いようなら、かえって迷惑だろうから」

　島尾はさりげなく答えた。

（もう少し様子を調べてみなければ）――彼はひたすらそう思うことで、九月九日日曜日のあの異常な体験から目をそらせようとしていた。風の吹き荒れる庭に向かって、仄《ほの》暗い工房の中に腰掛けていた百合沢錬平。その燃えるような眼光や、膝の上に重ねられていた白い手を思い起こすたびに、島尾は矢庭《やにわ》に大声をあげて走り出したくなるようなパニックに捉えられてしまうのである。

　百合沢は死んでいなかった。死体が野犬にさらわれたわけでもない。

彼は生きていたのだ。

しかし、どうやって……？

様子を調べてみるといっても、島尾の生活圏は、百合沢の世界からはもうかけ離れていた。材料店の主人や、昔付合いのあった画廊の経営者、地元紙の記者などにこわごわ探りを入れた結果——百合沢は脳血栓で倒れ、三箇月ほど入院していたらしい。九月初めに退院したが、まだ仕事は無理のようで、めったに人にも会わず、自宅に引き籠っている——という程度の情報を聞き出せただけだった。

あれほどメッタ突きにしたはずの百合沢が、たとえ九死に一生を得て命を取り留めたにせよ、なぜ、外部には「脳血栓」と発表されているのであろう？

千切れとんだ手指も、首尾よく接合されたとしても、まったくその痕跡を留めていないというのはどうしたわけなのか？

そして、なぜ、彼は島尾を告発しないのであろうか？

閃光のような恐怖の放射に慄《おの》きながら、まるでその間隙を縫うようにして、島尾は推理をめぐらせた。

退院後の九月九日には、百合沢は再び島尾の姿を目のあたりに見たわけなのだ。だがそれ以後にも、島尾の身近に警察の気配が感じられるようなことはなかった。

もしかしたら、百合沢は島尾に襲われたことを自覚していないのではあるまいか？

とはいえ、ナイフを握った島尾があと二、三歩の背後に迫った時、百合沢は振返ったのだ。つぎの瞬間、彼の顔に激しい驚愕がひろがり、そのまま凝結したような表情が、島尾の眼底に焼きついて離れない。

するとどういうことになるのか……？

やがて、彼はまた一つの解答を発見した。

百合沢は記憶喪失しているのではないか。

雑木林で刺された時には、彼は確かに島尾を認めていた。

島尾が逃げ去ったあと、苑子夫人が倒れている百合沢を見つけて、すぐに病院へ運びこんだ。あの場所まで医師を呼んだかもわからない。

処置が早かったために、百合沢は奇蹟的に一命を取り留めて、蘇生した。ところが彼は、事件のショックで、過去の記憶を失ってしまっていた……？

こんな場合なら、苑子夫人が世間体を慮《おもんぱか》って、彼が危難に遇った事実を伏せ、「脳血栓」で押し通すことも考えられるのではないだろうか。百合沢を殺そうとした犯人を捕えるより、彼の名誉を守ることを選んだというわけだ。懇意な医者ならば、頼みこまれて協力もしただろう。

いや、もしかしたら、百合沢は自殺を図ったと解釈されたかもしれない。なにせ、当の本人は過去を忘れ去って何も語らないのだから。自殺未遂ならなおのこと、わざわざ警察に届けて新聞種になる必要はないと、苑子たちはいっさい沈黙を決めこんだのにちがいない。

もしそうだとすれば……百合沢は島尾に会っても、誰だかわからないということになる。こちらは少しも恐れる必要はないのだ。この間、工房のガラス戸一枚隔てて向きあった時、彼の眸が怒りに燃えて見えたが、あれはこちらの気のせいにすぎなかったのだ……。

島尾は、ひとまずそこまでの推論に達していた。

だが、そう考えてみても、もっと以前に、百合沢の死体は野犬に運び去られて、事件は闇に埋もれたのだと思いこんだ時の、あの時のような安堵や解放感は、湧いてはこなかった。

島尾の心の底には、まだ得体の知れぬ恐怖が蠢《うごめ》いている。それは、百合沢の膝の上にあった手を思い出すからである。

黒い大島の着物の膝で、彼は軽く両手を重ねていた。右手の五本の指が、自然に伸びた形で、左手の上にのっていた。若々しい艶を帯びた白い肌には、傷痕《きずあと》の影すらなかったのだ！

いったん切断されてしまった腕や指が、外科手術によって繋がり、元通り動くようになったという話は、島尾も聞いたことがある。それにしても、傷痕一つ残さずにやれるものだろうか。いや、そんなはずはない。百合沢の手は、まるで他人の手を付けたようにきれいだったではないか……？

あやしみ迷っているうちに、島尾はまた、底知れぬ恐怖の渦の中に搦《から》めとられる思い

きた。

「でもやっぱり、行くんなら早く行ったほうがいいんじゃない？」

洗濯物をひとまとめにして台所の床へ放りこんだ和美が、思い出したようにまたいった。サークルの中で伝い歩きしていた満九箇月の長男を抱きあげて、こちらへ近寄ってきた。

「百合沢先生って、案外気難しいんでしょ。あの時お見舞いに来なかったとか、あとでいわれたら困るじゃない。お見舞いの品だけでも届けておくとか……？」

和美は子供を揺すりながら、島尾を見ている。いつも多少上目使いをしているみたいな、焦点のぼやけた眸だ。世の中一般の事柄を、大抵は即物的に割切ってしまう単純な性格をあらわしているような。そんな妻の目を見返しているうちに、島尾もふと、気楽な気分になった。

「そうだな。一遍行ってみようか」

苑子夫人に会ってみる手もあるわけだ。彼女の態度を見れば、現在百合沢がどんな状態で、島尾をどう思っているか、およその推測がつくというものだろう……。

「何がいいかな、持っていくのは……」

その時、玄関口で電話が鳴った。さっきの主婦がまた掛けてきたのかもしれない。

島尾は煩《わずら》わしい気持で受話器を取った。

「もしもし」

やや乱暴な声を出した。

「もしもし、島尾さんでいらっしゃいますか」

どこか気品のある、女の声が訊いた。

「そうですが」

「百合沢でございますけど」

「え？……あの、百合沢先生の……奥さまですか」

「はい、苑子でございます」

島尾は息をのんだ。――どれほどかして、彼はいささか調子外れの大きな声を発した。

「いやあ、どうもすっかりご無沙汰しまして……今もちょうど、うちのやつと奥さまのお噂をしていたんですよ……」

苑子に会うことを考えていた彼は、本当に噂話をしていたような気になった。

「先生がお加減が悪いと伺いましたが、まだお見舞いにも上りませんで……如何ですか」

「はい、それが……ついさっき、亡くなりました」

「えっ？……しかしあの、脳血栓で、大分良くなられて退院されたとか……」

「それが、今朝急にまた悪くなりまして、病院へ運んだのですが、今しがた病院のほうで……」

苑子の声は消え入りそうに沈んだ。

「それはどうも……」

「つきましては、お願いがあるんですけど……間もなく病院から遺体を引取ってくるんですが、うちは人手がありませんでしょう？　お弟子さんもあいにく一人は旅行中で、二人しかいらしてませんし……島尾さんに、ちょっとお手伝いに来ていただけませんかしら」

「ええ、勿論そんなことは……」

「急にこんなお願いをして、ほんとに申しわけないんですけど、やっぱりあなたは、長いことうちに住込んでくださって、勝手がわかってらっしゃるから……」

「すぐに伺いますよ。日頃はなんにもご恩返しができなかったんですから」

「じゃあ、お待ちしてますわね」

受話器を置いた時、島尾は目を見張り、鼻腔を膨らましていた。

「おい、百合沢が死んだそうだ」

台所のほうへ戻りながら、かん高い声でいった。

「今奥さんが電話してきて、俺に手伝いにきてほしいんだって」

夫の声と表情が異常なほど弾んでいるのを、和美は不思議そうに見守っていた。

2

妻を急《せ》きたてて、黒い服を捜させたが、適当なものが見当らなかった。ズボンだけどうにかあったので、その上に紺の上着を羽織って、島尾はアパートを出た。

彼が今住んでいるのは、三階建ての古い私営アパートの一階である。百合沢の許を破門されたあと、型染教室をはじめる目算で借りた。最低でも3Kの広さはほしかったし、なるべく一階が望ましかった。もう少しバス停に近いほうには、比軽的新しい公団住宅もあるのだが、彼の経済状態では、そこの3Kを借りる資格がなかった。代りに、そちらに住んでいる主婦やOLが、何人か彼の教室へ通ってきている。

島尾は自転車で行くことにした。百合沢の家は同じ区内だが、丘陵地の端から端へ、一山越える感じになる。

島尾のアパートの付近は、丘の麓に当り、こんもりとした林や、葦の生えている沼なども散在している。古い住宅やアパート、会社の寮などと、モダンな新築家屋とが、木立の間に入り混っている。旧来からあった不便な寂しい住宅地にも、新しい家が建ちはじめてきたといった感じの区域だった。

しばらくは上り坂に自転車を押していかなければならないが、公団住宅の白い棟が見えてくるあたりから、島尾はペダルに足をかけた。

秋の夕暮れの冷んやりとした風が、首筋を快く吹き抜け、ベタついた髪を後へさらっていく。島尾はうきうきして、鼻歌でも歌い出したい気分だった。

(俺はなんとついてるんだろう!)

百合沢が、いかに幸運に命を取り留めたにせよ、あれだけの傷を受けた人間が、そう長く生きられるわけはないのだ。そして彼が急死したあとでは、なおのこと、実は彼が誰かに刺されたなどと、夫人が事実を公表しようとは考えられない。警察に訴えたくとも、今となっては証人も証拠もないも同然ではないか。

島尾の犯行は、今度こそ、永遠に闇に埋もれたのだ。

その上、生前の百合沢がやはり記憶喪失していたことは、いや少なくとも、島尾に対して何らの恨みも表に出してはいなかったことは、今しがたの苑子の口吻《くちぶり》が明らかにしてくれた。

『やっぱりあなたは、長いことうちに住込んでくださって、勝手がわかってらっしゃるから……』

ここは大いに未亡人の力になり、あわよくば、百合沢亡きあとの彼の地位の何分の一かを踏襲することも、夢ではないかもしれない。

島尾は無茶なスピードで長い坂道を走り下り、やがて、材料店へ行く時に通る三叉路へ出た。いつもとは逆に、右へカーブを切って止り、自転車を降りた。

また上り坂にかかって、自転車を押さなければならない。いちだんと豪壮な屋敷が続き、いつも閑静な道路の先に、見慣れた木犀の生垣が目に入った。

百合沢家の門扉が開いていた。ふだんはめったにないことだが、観音開きの厚い木の扉が開放されて、じかに玄関が見えた。玄関の格子戸は閉まっていた。

あたりには、人影も見えなかった。

百合沢の遺体は、まだ病院から運ばれてないのだろうか。

今は夫人が家の中を整えて、主《あるじ》の無言の帰宅を待っている時かもしれない。

島尾は、向かいの家の垣根に寄せて、自転車を停めた。

さすがに表情を引締めて、百合沢家の玄関へ歩み寄った。

格子戸をそっと開けた。

「ごめんください」

電灯の点っている廊下の奥から、苑子が急ぎ足で現われた。黒っぽい着物を着た彼女の顔は、いつになく引締って見えた。

「ああ、島尾さん――」

「どうも奥さま、このたびは……」

悔みをいいかける島尾に、

「あの、工房のほうへ廻ってくださいませんか」

苑子は片手を廻すようにした。緊張して、気ぜわしい口調である。

工房のほうに祭壇の仕度をしていて、それを急いで手伝ってほしいとでもいう感じに聞こえた。

「わかりました」

島尾は踵《きびす》を返した。

庭伝いでも行けるが、そろそろ足許が暗いので、いったん道路へ出た。

私道の突当りの木戸も開け放されていた。

庭には誰もいなかった。

島尾はガラス戸を開けて、工房へ入った。灯りも点っていなかった。もう電灯をつけなければ、物が見にくいほどうす暗い。奥の百合沢の仕事場だった座敷には、蛍光灯の淡い光が籠り、障子越しにほのかにこちらへ洩れ出ている。

工房はきれいに片づけられ、伸子《しんし》張りも張り板も見えなかった。糊や豆汁《ご》の混りあった独特の匂いだけが残っている。

弟子たちがいるものと考えていた島尾は、ちょっと戸惑った。が、工房が整理されている様子では、やはりここに祭壇を据えるつもりかもしれない。

座敷に人がいるのだろうと思って、島尾は板敷の上を歩き出した。彼はまだ、どこか奇異な空気に、気づいてはいなかった。

その声がしたのは、工房をなかば横切った時である。

「島尾」——と、呼ばれたように感じた。はっきりそうと聞きとれたわけではない。不明瞭な人声だが、だが、鋭い語気でいった。

彼は足を止めた。

「島尾。来たな」

再び、障子の内側で声がした。

舌がもつれて、上顎にからんだような喋り方だった。ちょうど、脳血栓の発作のあと、言語障害の残っている人のような……そう思った途端、島尾の顔から、すーっと血が退いた。

「わたしが、死んだと思って、やってきたのだな」

百合沢の声だ。発音に異常はあるが、低く太い声の質には、彼の特徴がはっきりと残っている！

「わたしが、今度こそ死んだものと、安心して来たのか。馬鹿者。貴様をおびきよせるために、苑子にそう言わせただけだ」

百合沢の声は、灯りを孕《はら》んでいる障子のすぐ向うから聞こえた。人影らしいぼんやりとした影が浮かび出ているが、室内の光もごく弱いので、定かにはわからない。しかし、百合沢はそこにいるのだ。何か圧倒的な気配に、島尾は金縛りにあったようで身動きできなかった。

「貴様はわたしを、殺したつもりでいた。だが、死んではおらん。貴様などに、殺されてたまるか」

「………」

「島尾。貴様には、もともと才能などなかったのだ。染めの心も、まるでわかりはしない。そんな人間に、作品など創れるものか。貴様は自滅しただけだ。それでいて、わたしを逆恨みした。そんな、クズのような人間に、わたしが殺せると思うか」

百合沢の声には、いよいよ底力がこもり、また一種現実離れした、奇怪な調子を帯び

ても いた。島尾は極端に顎が震えて、歯が鳴り続けた。

「わたしは、こうして生きている。まだし残した仕事を、やり遂げたい。その一念で、死を免れてきた。それから、貴様に復讐してやるためだ。人間、意志の力によって、死の世界から蘇《よみがえ》ってくることもできるものだ。――島尾。わたしはもう、立って歩くこともできるぞ。今日はわたしが、貴様を切り裂いてやる。一度はわたしを殺した、その指を、わたしの手で、切り刻んでやる……」

障子の影が動いた。島尾は喉の奥から、獣の遠吠えに似た声を洩らしながら、棒立ちになっていた。

障子が開いた。

黒々とした人影が立ちはだかっていた。

青白いほのかな灯りを逆光に浴びた百合沢の姿は、異様なほど巨大に見えた。ざん切りの髪。落ちくぼんだ眼窩の奥で、射るように光る眸。その顔は、先日ガラス越しに向きあった時と同じだった。縞模様のマフラーを巻いている。がっしりとした肩から、不思議に長身な身体全体は、黒い着物に包まれていた。そして、百合沢の右手にナイフが、島尾が百合沢を襲ったと同じ切出しナイフが握られているのを認めた瞬間――島尾はフッと意識が遠のいた。

「助けてくれ……」

かすれ声で呟き、仰向けに倒れかけた。かろうじて踏み留まり、泳ぐように歩き出した。失神しかけたことが、かえって彼の全身を、呪縛から解き放したようでもあった。

土間へ転げ落ち、工房を這い出した。すぐ後に、百合沢の足音が迫って聞こえた。

「助けてくれ」

夢遊病者のように、彼は靴もはかずに戸外へさ迷い出た。

私道から、左へ曲った。自宅へ帰るのなら、右へ下るのだが。百合沢の靴音が、頭の中で響いている。しばらく行った先に、交番があったはずだ。

あたりはすっかり宵闇に包まれていた。高い塀が続き、灯火の少ない路上には、人影も絶えていた。助けを求める相手もいない。島尾は痺《しび》れた足を引きずるように、けんめいに前へ運んだ。

パトロールから戻ってきた中年の巡査が、派出所へ入りかけて、ふと立ち止った。彼は、仄暗い道路の先をすかし見ていたが、島尾が四、五メートルの距離に近づいた時、自分のほうから歩み寄った。

「どうかしたんですか」

島尾の腕を支えながら、巡査の目は彼の靴下の足へ注がれた。

「助けてくれっ」

「何があったんです?」

「こ、殺される」

「誰に?」

「百合沢……」

「え？」

「百合沢が追ってくる」

彼が指さした背後には、舗道の上で枯葉が微風に吹かれているだけだった。

「百合沢って、そこの百合沢錬平さんですか」

「ああ。あいつが今——」

島尾はまた激しい恐怖に駆られた様子で、巡査の袖を掴んだ。

「あいつに殺される！」

「しかし、どうしてまた……」

巡査はなだめるように島尾を覗きこんだ。酒を飲んでいるふうでもないがと、彼は考えた。

「どうしてあなたが、百合沢さんに殺されるんですか」

「………」

「何か特別の事情でもあるのですか」

「………」

「こちらへ入って、落着いてわけを話してくれませんか」

巡査が派出所を指さして、島尾の肩を押すと、彼は急に身をこわばらせて立ちすくんだ。

脳死

1

M市東区高木町にある大矢外科医院は、間もなく高速道路のインターに通じる往復八車線の大通りに面していた。

鉄筋三階建ての一棟が交通量の激しい道路より大分ひっこんで建てられ、前庭は駐車場にされている。カイヅカイブキの低い緑のベルトで仕切られている前庭いっぱいに、数台の車がパークし、タクシーも頻繁に走りこんでくる。見るからに繁盛している。また今にも救急車が横づけになりそうな、一種あわただしい活気にあふれていた。

杉乃井滝子は、腕時計の針が二時をまわったのを確かめてから、駐車場の端を通って医院の玄関へ歩み寄った。昨日の雨がまだあちこちに水溜りをつくり、その上に乾いた秋の空が映っている。

スウィングドアを押して入り、右手の待合室を見ると、さっきまで患者でいっぱいだった長椅子に、かなりのスペースができていた。

滝子は受付を覗きこみ、窓口の若い女性に、

「あの、先ほど一度伺った杉乃井と申しますけど、院長にお会いしたいのなら二時すぎに来るようにといわれたものですから……」

相手の女性は、さっき一時ごろそこにいた人とはちがったので、瞬きしながら滝子を見返した。

「院長にご用があるわけですか」

「ええ」

「ちょっと待ってください」

彼女は立って、奥へ行った。

やや年配の看護婦に何か話していたが、その人が窓口のほうへ出てきた。彼女はピンクの上っ張りの胸に「主任」と書いた名札をさげている。滝子が一時に別の女性と話していた時には、横で聞いていて、ことばを添えてくれたのだった。

「さっきはどうも……」と滝子は頭をさげた。

「S市からいらした方でしょ」

「はい。外来の診察が二時ごろ終るとおっしゃったので……」

滝子は主任にいわれたことを反復した。

「ええ……今日は少し遅れてるみたいねえ」

彼女は首を突き出すようにして待合室を眺めていたが、

「先生に聞いてきてあげるわ」

気さくな口調でいって、行きかけた。

つと足を止めて、滝子を振り向いた。

「ええっと、五月末に入院された患者さんの件で、何か訊きたいことがあるということでしたね」

「はあ……交通事故で担ぎこまれて、身許不明のまま亡くなったんですけど、その時の様子なんかを、もし伺えれば……」

主任は了解した顔で頷き、いっとき滝子の目に視線を据えてから、歩いていった。

彼女は廊下から戻ってきて、滝子の背中に声をかけた。

「院長は外来がすんだらお会いするそうですから、こちらでお待ちくださいませんか」

斜め先にあるドアを指さした。

彼女はそこを開けて、滝子を請《しょう》じ入れてくれた。衝立《ついたて》で仕切られた左隅に、簡単な応接セットが据えられていた。右側には長テーブルなど置かれて意外に広そうだが、誰もいなかった。

「どうぞ、お掛けになってててください」

滝子が会釈して、ソファに浅く掛けると、

「五月末の患者さんて、若い男の方でしょう？　その先でトラックに撥ねられて……」

主任は化粧気のない顔を傾け、一重瞼を見張るようにした。

「ええ」

「私、その時いたから、憶えてるわ。——じゃあ、身許がわかったわけですね」

「はい。事故に遇った三日ほどあとで、警察の手配書でわかりまして……」

「そう……大変でしたね。あなたは、あの方の、ご家族？」

「ええ、まあ……」

答えを濁してうつむいた滝子の様子で、彼女はおよそ察したふうに頷いた。

少したってから、

「じゃあ、ちょっとお待ちくださいね」

さっぱりした口調でいって、出ていった。

滝子は、開いた窓の外へ視線を移した。ひっきりなしに車が往来している大通りの一部が見えた。さっき渡った歩道橋の先に、褐色がかった緑の山が横たわり、木々の間で住宅の白い屋根が眩しい陽光を反射している。

（たぶんあの木立が、百合沢家のそばにあった雑木林ではないかしら。こんもりした形に見憶えがあるから……）

とにかくあの辺であることにはまちがいない。滝子は地下鉄の駅を出たあと、百合沢の家の方向を見ながら、ちょうど同じくらい歩き、歩道橋を渡って、ここへ来たのだ。百合沢の家とは、道路の反対側になるが、距離にすれば三百メートル内外ではないだろうか……？

百合沢錬平を訪ねたのは、やはり今日のように秋晴れの、うららかな日曜の午後だった。数えてみれば十一日前になるわけだが、もっと遥《はる》か昔のようでもあり、あるいはまたつい昨日みたいにも感じられる。というか、何か不思議な、特殊な一日として、滝子の記憶の中で、奇妙に存在感が稀薄なのだ。

それでいて、滝子の意識や思考は、あの日以来、あの訪問にまつわる事柄だけに占められている。滝子の精神そのものが、あれ以来、何か不安定に浮きあがって、現実生活のリズムを失っているかのようにも思われる。

今も――道路の先にある住宅街のたたずまいを眺めていると、あの時の百合沢と苑子夫人の有様、三人の間に流れていた雰囲気などが、まざまざと蘇ってくる。自分の名を刻んだプラチナの結婚指輪を凝視《みつ》めていた苑子は、やがて震える指先から、それを取り落とした。リングは縁側の床で跳ね、りんどうの鉢のそばへ落ちた。滝子はそのままにして、辞去してきた……。

ドアが開いて、引締った白衣を着た大柄な医師が入ってきた。

滝子はわれに返ったように、そちらへ顔を向けた。

「どうもお待たせしました」

医師は快活な声でいって、滝子の向かいに腰掛けた。年配は四十代なかば。鼻柱の太い日灼けした顔や、白衣の半袖から出ている筋肉質の腕などが、闊達《かったつ》で行動的な人柄を連想させた。

滝子はあわてて腰を浮かせた。

「あの、大矢先生でいらっしゃいますか」

「そうです」

「突然上りまして……お忙しいのに申しわけございません」

滝子は席を立ってお辞儀をしてから、再び彼と対座した。

「S市からわざわざいらしたそうですね」

「はい」

「五月に交通事故で亡くなった患者さんの、ご親戚とか……？」

院長には親戚と伝わっていたらしいので、滝子は黙って頷いた。

「あの方は、ここにおられた段階では、なかなか身許がわかりませんでね。福祉事務所にお引渡ししたわけなんですが」

「はい……事故に遇ったのは五月二十八日と伺いましたが、家族のほうでは三十一日に警察へ捜索願を出しまして、その時にはもう照会の書類が廻っていましたので、すぐにわかりました。本人は瀬川聡と申しまして、建築設計事務所に勤めていたんですけれど……」

大矢が熱心な眼差で見守っているので、滝子は、瀬川が仕事上のミスなどが原因でノイローゼみたいになって家出していた事情を、あらまし話した。大矢は、手にしてきたシガレットケースから一本抜きとって火をつけ、煙草をふかしながら聞いていた。もう淡々とした表情になっている。彼が瀬川についてすでに一応のことを知っていたのか、それともはじめて聞くのか、滝子には判断がつかなかった。瀬川の治療費を払うために、一度は彼の兄がここへ来ているはずだが、院長に会ったとは限らないのだ。

「――それで改めて、こちらの東警察署へ出向いて、写真など見せてもらった上で、市の火葬場まで参りました」

「あなたが遺体を確認されたわけですか」

大矢がはじめて質問を挟んだ。

「はい。私一人ではなくて、本人の兄がおりましたけれど」

「あなたもごらんになりましたか」

「ええ……」

「それは、大変でしたね。あんなところの冷凍室に保存されている遺体というのは、ずいぶん生前の感じとちがうでしょうし……若い娘さんにはいささか刺激が強すぎるかもしれない」

彼は煙草を離した口許に、かすかな苦笑を浮かべた。

「はい、でも、顔を一目見ただけで、あの人だとわかりましたし、兄もまちがいないと認めましたので……係の方がすぐに布をかけて、お棺の蓋を閉められました」

「そうですか」と、大矢はまた淡々とした面持で頷いた。

火葬場の職員が、あっけないほど事務的に棺の蓋を閉める直前、滝子は走り寄って遺体にすがりつきたい衝動に駆られた。

どうしてそうしなかったのか。

自分は瀬川の妻でも兄妹でもないのだという気後れが、自制を働かせたのだ。しかし、近親者でなくても、あの場にいた自分には、それくらいの行動は許されたとも思われてくる。あの時、自然な感情のままに、遺体にとりすがり、身体を被っていたシーツや寝巻をはぐって、彼の手足に触れていたら……？

その場面を想像すると、滝子は急激なめまいに襲われた。悔恨、というより、茫漠とした恐怖と、それに、今になって事実に直面しようとしている極度の緊張のせいかもしれなかった。

「──そんなわけで、遺体の様子などは、ほとんど改めないままで荼毘《だび》に付してしまったのですけれど……」

滝子はけんめいに大矢の目を凝視した。

「それが最近になって、彼が亡くなった時はどんなふうだったのか、怪我の状態なども、ぜひくわしく知りたいと考えはじめまして……先生にはお忙しくて恐縮だと思ったんですけど、直接お話を伺わせていただけませんでしょうか」

大矢は、やや時間をかけて、煙草を灰皿にこすりつけた。それから、こだわりのない顔をあげて、二、三度頷いた。

「まあ、怪我の状態といっても、要するに頭ですね。頭から車に撥ねられたということで、救急車で運びこまれた時には、右耳のへんから後頭部にかけて、潰れたようになってました。応急手当てののち、頭蓋内出血の状況をＣＴスキャンで確認しまして……レントゲンの断層撮影とコンピューターが組み合わされた新しい検査法ですがね。その結果、血腫があれば直ちに手術して取除かなければならないのですが、それは認められなかったのです。しかし、脳挫創がいかにもひどかったですからねえ……」

大矢は掌を自分の頭部にかざして、歯切れのいい声で説明した。

「頭のほかには、怪我は……？」

「いや、ほとんどありません。まあ、路面に放り出されたさいの打撲傷や擦り傷程度はついていたかもしれませんが」

「手なども、きれいだったのでしょうか」

声が震えそうになり、滝子は喉元に力をこめた。

「さあ……とくにはなかったと思いますが」

大矢は、軽い不審をあらわすように、語尾をあげた。

滝子は膝に目を落とした。少しの間、唇をかみしめる表情で沈黙していたが、うつむいたまま、再び口を開いた。

「実は、私も最初、東署の交通課の方から、そんなお話を伺いまして……身体はほとんど無傷だったが、頭をやられて、全然意識が戻らないまま亡くなったようだと……」

「ええ。本人の意識が戻れば、もっと早くに身許もわかったわけでしょうがね」

「ところが、そのあと福祉事務所で遺品を受取る時に、職員の方が、やはり大分傷があったらしいことを、チラリとおっしゃいまして……」

五十がらみの小柄な職員が、黒い風呂敷包みを携えてきて、たまたま一人で相談室にいた滝子に悔みをのべた。彼は、瀬川の死亡当時、葬儀屋の車を頼んで遺体を病院まで引取りにいったと語っていたが、

『――まあそうはいっても、車に撥ねとばされたわけですからね。大分傷を受けてはいたようですが……』

痛々しげに呟き、そんな話を打ち切るように、遺品の包みへ目を移したものだった。

「その時には、なんとなく聞き流していたんですけれど、最近、ちょっと気にかかることがありまして……今日は昼まえに福祉事務所へ行って、もう一度その方にお会いしてきたんです」

大矢は、テーブルに置いたシガレットケースから、指先でそっと新しい一本を抜き出した。まるでその音もたてまいとするように、注意深く耳を傾けていた。

「中村さんといわれて、長年、行旅《こうりょ》死亡人の世話をなさっている方ですが、あの時も、二十九日の午後、遺体の引渡し書が警察から廻ってきて、それで葬儀屋を手配して、中村さんもその車に乗ってこちらまで来られたそうですね。遺体には寝巻が着せてあって、きれいになっていたが、お棺に入れる時に見たら、腕や手に大きな絆創膏《ばんそうこう》や包帯が巻かれていて、ずいぶん血が滲んでいるので、やっぱりかなり怪我をしたんだなあと……」

「ああ、腕の静脈には輸液の針を刺しますからね。急いでいる時には、なかなか入らなくて、あちこち傷をつけてしまうことがありますよ。それと、あの方は気管切開して人工呼吸器を付けたはずですから、喉にもその傷が残っていたでしょう。危急の場合には、何を措《お》いても命を救うことが先決です。それでも亡くなってしまったあとでは、看護婦に包帯を巻かせるようにしています。家族が見られるにしても、あんまり傷跡がむき出しでは痛ましいですからね」

大矢はまた歯切れよく説明して、喋り終えてから煙草に火をつけた。煙を吐きながら、椅子にもたれて滝子を眺めた。感情を害したような気配は、少しも見せなかった。ただ、かすかに身構えるような緊張感が、明敏そうな眸の底に漂い出ているのを、滝子は感じた。

「もっとくわしい処置についてお知りになりたければ、カルテを取り寄せましょうか」

「いえ、そんな……」

「いや、ちょっと見てみましょう」

大矢は身軽に席を立って、ドアを開けた。廊下を通りかかった看護婦に何かいいつけた。

滝子の前へ戻り、黙って煙草を吸っていたが、

「その瀬川さんという方には、奥さんや子供さんがあったのですか」

「いえ、独身でした。アパートに一人暮しで……」

「ご両親は?」

「両親は亡くなってまして、兄と叔母がいるんですけど、実家のほうとはあんまり行き来してなかったみたいです」

彼は何か事情があって、赤ん坊の時瀬川の家に引取られ、家族の誰とも血の繋がりはないと、いつか滝子に洩らしていた。

「すると……」

大矢は何かいいかけて、また煙草を口に運んだ。すると滝子とはどういう関係になるのかと、訊きかけたのかもしれない。あるいは、瀬川がとても孤独だったことを確認しようとしたようにも、ふと滝子には感じられた。

軽いノックのあとで、ドアが開いた。

若い看護婦がカルテを持ってきて、大矢に渡し、会釈して立ち去った。

大矢は煙草を消して、カルテをテーブルの上に置いた。

「――やはり気管切開してますね。酸素吸入は救急車の中でも行なわれていたんですが、呼吸不穏をきたしたので、喉仏の下に穴を開けてチューブを入れ、人工呼吸器を使用しています。脳圧を下げるための副腎皮質ホルモン、それに抗生物質、脳細胞賦活剤などの投与。低体温保持……しかし午後九時ごろ、脳波がフラットになって、つまり脳死に至り、それでも人工呼吸器を外さずにおいたのですが、翌二十九日午前八時ごろ、心停止……」

大矢はカルテを読みながら、低い声でいった。ドイツ語と日本語の混った走り書きが、滝子の網膜を虚《うつろ》にかすめた。滝子がこれから確かめようとしている事柄が、ありのままそこに記されているとは思えなかった。

滝子は、つぎに自分が口に出すつもりのことばを、練習するように胸の内で反復していた。動悸が激しく搏《う》ちはじめた。

大矢が目をあげた時、滝子は息を吸いこんだ。

「瀬川さんの左手の、拇指と人差指の間に、丸い鉤型の傷跡があったのを、先生は憶えていらっしゃいませんでしょうか」

「ああ、そんな憶えがありますねえ。何か運動中に、スパイクにでもひっかけられたような……」

「いいえ、建築現場で、土工の喧嘩に巻きこまれて、ガラスで切ったんです」

「ほう」

「先生、実は私、十日ほど前に、百合沢先生にもお会いして参りました。すぐお近くの、染織工芸家の百合沢錬平さんです」

「……」

「百合沢先生も、近頃こちらに入院なさっていらしたそうですね」

「そう……しかし、九月には退院されてます」

大矢の表情に、はじめて微妙な変化があらわれた。口調が鋭くなっている。

「百合沢さんをご存知なんですか」

「いいえ、お訪ねするまでは、全然。最初は、雑誌のグラビアで拝見したんです。その写真を一目見た時から、私、なんだかとてもお懐かしい気がして……もっとくわしくいえば、百合沢先生の手に、親近感を覚えていたんです」

いよいよ話しはじめると、動悸が静まり、滝子は不思議に微笑すらたたえていられた。

「最近ご病気だったと伺ったものですから、お見舞いがてら、お訪ねしてみました。幸いお近くでお会いできまして……百合沢先生の左手には、やっぱりあの、鉤型の傷跡が残っていました」

「……」

「正直いって、私、無性にうれしかったんです。だって、瀬川さんの手にもう一度めぐりあえたんですもの。それで、今日こちらへ参りましたのは、先生に、ありのままの事情を明かしていただけたらと思いまして……ずいぶん迷ったのですけれど、やっぱり、瀬川さんの身近にいた者の一人くらい、本当の事実を知っていたほうが……きっと彼も、それを望んでいるような気がするんです」

滝子の瞼の裏には、またいく度となく、スポーツウェアを着た瀬川の健康な姿が彷彿《ほうふつ》としていた。のびやかな四肢、引締った筋肉、小麦色に輝く肌――この上もなく美しかった彼の肉体を、純粋に肉体そのものを、自分は何よりも愛していたのではなかっただろうか……？

瀬川の面影と重なるように、百合沢の顔が浮かんだ。どこか贖罪を求める者のような、深い沈鬱な光をたたえた眸——。

どれほどか、沈黙が流れた。大矢はわずかに眉をひそめ、計るように滝子を見守っていた。

やがて、彼は軽く椅子にすわり直した。

「さっきから、ありのままの事情とか、本当の事実とかいわれていますが、それはどういう意味なのですか」

真底不審そうな尋ね方をした。

「あの……このごろでは、事故などで腕や指を切断してしまった人でも、外科手術によって接合できるのだそうですね。手術が成功すれば、神経もちゃんと繋がって、元通り動くようになるとか……それで、たとえばもし、手にひどい怪我をした患者さんがあって、一方には、身体は無傷でも頭を打って亡くなった人がいた場合に……」

さすがに滝子は、続けられなくなった。急に生々しい血の匂いが、あたりに満ちてくるような気がした。

「とくに百合沢先生は、手をお使いになるお仕事ですから、万一その手が傷ついてしまった時には……」

やはり途中で声をのんだ。

(百合沢先生の手の代りに、瀬川さんの手を……?)

心の中ですら、はっきりことばに出す勇気がなかった。

「でも私、決して先生に何か……抗議しにきたというんではないんです。そんな立場でもありませんし、それに……私ほんとにうれしかったんです。なんだか感謝したいくらいに……だって、彼はもうどうしても死を免れなかったわけでしょう。どうせ死んで、灰になってしまうものなら、たとえ手だけでも……彼の手はまだこの世に生きていて、いつでも会えるんだと思ってみたら……ですから先生、どうぞ本当のことを教えてください。話していただける範囲だけでも結構です。ほかの人に口外してはならないのなら、決して喋りません。ただ私、自分の胸の中に……真実をしっかり胸の中に畳んで、生きていきたいんです。亡くなった彼のためにも、そうしてあげなければいけないと思うんです」

滝子は自然とまた、口許に微笑をたたえ、でも頬には涙がこぼれ落ちていた。ひたむきに訴える姿勢で、大矢を見あげた。

「どうも、あなたのいわれている意味が、よくわからないのですが……」

大矢は困惑したような笑いを浮かべて、ゆっくりと答えた。

「ともかく、この患者さんについては……」

その時、ノックがあった。

さっきとは別の看護婦が、細くドアを開けた。

「先生、お電話ですが」

「ああ……」

ちょっと迷っている院長の様子を見て、

「大学病院の吉開教授からです」

なぜか一瞬、彼の横顔に、ハッとした動揺がかすめた。返事が一テンポ遅れた。

「すぐ行くから……」

カルテを掴《つか》んで、立ちあがった。

「とにかく、これ以上説明のしようがないですから」

丸めたカルテを振るようにしていった。今までの彼にしては、やや乱暴で、性急な口調になっていた。一方的に話を打ち切ろうとする強腰が覗いていた。

「あの、さしつかえなければ、お電話がおすみになりますまで……」

「いや、待たれても同じことです」

行きかけた彼は、つと一度、滝子を振り向いた。が、何もいわずに、大股に部屋を出ていった。ドアを少し開けたままにして。滝子もすぐに立ち去れという、意思表示に見えた。

滝子はうなだれて、深い溜息を洩らした。

(本当に、ただ真実が知りたかっただけなのに……!)

いや、「真実」とわかっているなら、直接尋ねる必要もないかもしれない。重い霧のような疑いが心にたちこめて、自分一人ではどうすることもできないのだ。

突然滝子は、白い二つの手が、戸外の空間を浮遊して、開いている窓から流れこんでくるような幻影を見た。

(瀬川の手が呼んでいる!)――咄嗟《とっさ》に感じた。

目をつぶって首を振った。

(私はどうかしてるわ……)

でも、このままではどこまでも、手の幻に追われそうな気がする……。

滝子は恐怖とも絶望ともつかぬ気持で、しばらく呆然としていた。

ようやく、立ちあがった。

滝子が部屋を出た時、廊下の先のドアが同時に開いて、さっきここへ案内してくれた主任看護婦の姿が見えた。滝子はお辞儀をした。そのドアは、衝立で仕切られていた細長い部屋の、もう一方の出入口のようでもあった。

玄関の手前に化粧室のマークを見かけて、扉を押した。顔を直さなければ。

滝子がコンパクトを取出していると、ふいにそばで声がした。

「あの患者さん、瀬川さんといわれたのね」

見ると、主任看護婦が隣の鏡の前に立って、髪をとかしていた。

「はい……」

「瀬川さんはね、ほんとはここで亡くなったんじゃないの。大学病院へ運ばれたんです」

「大学病院……？」

「だから、院長も、簡単には喋れないのよ」

主任は鏡のほうを向いたままで話していた。

「でもね、いずれ何もかもはっきりする時がくると思うわ」

「……」

「それまで、もうしばらく待ってらっしゃい」

一重瞼のどこかいちずな目に、怒りに似た熱気がこもっていることに、滝子は気がついた。

2

「兄が、本当のことをいってないような気がしてならないんです。でも、大学病院に尋ねてみても、答えは同じに決っていますし……」

高原典代は、時代物らしいガラス戸の付いた本棚の中に並んでいる、これも古風な書物の背表紙に目を注ぎながら話していた。相手の顔を見ると、萎縮して、よく喋れなくなりそうな気がする。

「お兄さんが、あなたに嘘をついている、あるいは何か隠していると感じられたのは、どういうきっかけでだったんですか」

五領田潤造は、ゴマ塩の短い髭が密生している顎に、軽く指を当てて、物静かに尋ねた。話しぶりは穏やかなのだが、太い鼈甲《べっこう》縁の眼鏡をかけた謹厳な風貌で、ほとんど微笑もせず、それに、六十五歳の弁護士の自然に身についた貫禄とも気難しさともいえる雰囲気に、典代は圧倒されて、硬くなっている。

「はい……父が亡くなってすぐに報らせてくれるのが当り前ですのに、私のほうへ電話が掛ってきたのは、あくる朝の十時だったんです。だから、それから私が仕度して、こっちへ着いたのは、二時半くらいになって……もうすぐ出棺で、父にはろくにお別れもいえなくて……」

典代は唇を噛んで、こみあげてきた涙をこらえた。

「連絡が遅れたというのは、電話が通じなかったとか、何かちょっとした手ちがいでもあったためではないんですか」

「父の心臓が止ったのは、十月四日の午後四時八分ということですけど、主治医の佃助教授から解剖に廻させてほしいと頼まれて承諾して……遺体を引取ってきたのは、結局夜の十時すぎになったそうです。私に相談したら、解剖を反対されると思ったし、遺体を返されたあとでは、どうせ飛行機がなかったので翌日にしたとかって……でも、何はともあれ、私には真先に報らせてくれるのが本当じゃないでしょうか。せめて、五日の朝一番の飛行機に間にあうようにでも。それに……」

軽いノックがあって、五領田が「ああ」と答えると、ドアが開いた。夫人らしい初老の女性が、紅茶をのせたお盆を持って入ってきた。テーブルの上にカップが置かれると、典代は黙ってていねいにお辞儀をした。

夫人らしい女《ひと》は、応接室の中に軽く視線をめぐらせ、出窓の隙間から流れこむ風が冷たすぎると感じたのか、そっとガラス戸を閉めた。出窓の外には、寒そうな曇り空をバックにして、朱色の渋柿が枝に残っているのが見えた。

典代が、五領田弁護士を訪ねることになったのは、夫の高原がつてを求めてくれたからだった。高原には、典代がM市に着いてから改めて連絡して、五日夜にこちらへやってきた。小森はすでにお骨になっていた。

父の死が割り切れないと訴え続け、思いつめたふうでろくに食事も摂《と》らない妻を見て、高原が、それなら一度弁護士にでも相談してみてはといい出した。彼の勤め先である石油会社のM支店長には、以前からよく世話になっていて、地元に顔も広いので、適当な人を紹介してくれるかもしれない……。

七日土曜日に支店長に会いにいった高原は、やや緊張した面持で帰ってきた。彼にしてみれば、誰か気さくな若い弁護士でも見つけてもらい、典代がそうした第三者にもやもやした気持をぶちまけるだけでも、ある程度の解決になるくらいに、軽く踏んでいたようでもあった。ところが――

『支店長のいうには、どうせ相談するなら、医事問題にくわしい弁護士がいいんじゃないか。それなら、五領田先生が適当じゃなかろうかと。もう六十五、六になる大ベテランで、事務所は息子さんに任せて、時たましか出てこられないそうだけど、大手の生命保険会社の顧問弁護士を長年務められて、医療関係の訴訟もずいぶん手がけている。医者の知合いも多いし、病院などの現場の事情にも通じているということだから……』

高原は、事が大袈裟になりそうでいささか戸惑っているようにも見えた。

ともかく、五領田弁護士とは旧知の支店長が、紹介の電話を入れてくれて、典代は十二日木曜日の午前中に、弁護士の自宅を訪問する約束になった。十一日まで、彼は東京へ出張して不在だという。典代も、十日の初七日まではすませて帰るつもりだったが、それをもう少し延長した。高原は八日の日曜日に、晃を連れて一足先に高知へ帰った。

五領田弁護士の法律事務所は、中心部のビルにあるそうだが、自宅はそこより少しひっこんだ高級住宅地の、料亭などもある町の一画を占めていた。敷地は広いが、家は大分古びた木造の二階屋で、昔はモダンな洋風建築であったらしい趣も残っていた。

夫人が立ち去ると、五領田はちょっと典代に紅茶をすすめる手ぶりをしてから、自分のカップに角砂糖を落とした。ゆっくりかきまぜながら、

「それに？」と低い声で促した。さっき典代が、それに、といいかけて中断したことを憶えていたのだ。

「はあ……父は、亡くなる三日前の十月一日午前二時ごろ、気管内に異物がひっかかって、いったん呼吸も心臓も停止したんだそうです。蘇生術を施されて、また息を吹き返したものの、脳波は平らなままで、脳死の状態になってしまったということです。あとは人工呼吸器の力で、ただ息をしていただけだと……そんなことなら、どうして一日の

朝にでも、私を呼んでくれなかったのでしょうか。その時来ていれば、私は父の死に目にあえましたのに……」

脳波の線がフラットになれば、脳死に至る。脳死がすなわち死なのだと、利幸はまるで説き伏せるように、典代に説明した。でも典代には、脳波などといわれても、ピンとこない。心臓が鼓動し、息をしている限り、まだ生きているという気がする。その状態で会えたなら、父と最後の対話を交すこともできただろう……。

五領田は紅茶を一口飲んで、カップを受け皿に戻した。

「つまり、あなたはお兄さんが、父上の死亡をあなたに連絡することが不自然に遅かった、という点から、お兄さんがあなたに対して、何か秘密を作っていると感じておられるわけなんですね」

「ええ……」

「それは、どういった秘密だと、想像されてますか」

「はあ……父の死につきまして……」

「うむ」

「……」

静かに促す眼差を典代に注いで、弁護士は黙って待っている。

「あの……兄も嫂《あね》も、決してそんなに冷たい人ではありませんし、植物状態の父のために、できる限りの力を尽くしてくれたとは思うんです。最初からずっとそばにいたわけですから、精神的にも、経済的な問題にしても、それはもう、ほんとに大変で……あんまり長くなれば、早く解決すればいいと考えてしまうのは、無理ないことかもしれないんです……いえ、そう思って納得しようと努力するんですけど、私は、やっぱりどうしても……」

「早く解決すればいいと今いわれましたが、それをもう少し具体的にいうと……？」

五領田は再び根気よく待ったが、典代の口からなかなかその説明が引出せないと悟ると、ちょっと上体を前へ寄せた。

「つまり、父上が早く死亡すればいい、と考えたということ？」

「ええ、まあ……でもまさか、直接父の命を縮めるようなことまでしたなんて、思っていません。ですけど、たとえば、父の気管に異物がひっかかって、呼吸が止った時に、すぐに蘇生術をはじめられたものを、わざと七、八分も遅らせたとか……」

「お兄さん夫婦は、その場におられなかったわけでしょう？」

「ええ、ですから、前もってお医者さんと相談してあって……その晩はちょうど、佃先生も当直してらしたそうですし……私、何かで聞いたんですけど、ほとんど回復の見込みのない患者の場合、主治医と家族が話合って、いえ、口に出していわなくても、なんというか、腹芸みたいな暗黙の了解で、患者の死期を早めることは、案外少なくないのだそうですね」

「父上は安楽死させられた——あなたはそう疑っているのですね」

「はい……」

典代はとうとう頷いた。本来その疑惑をはっきりさせたい目的で弁護士を訪ねたのでありながら、逆に、第三者の弁護士にそれを訴えることの重大さに、空恐ろしくなりかけていたのだ。

だが、いったん彼のほうからそのキイワードを口に出してくれると、典代はようやく率直な気持になれた。

「――それとも、蘇生術が遅れたのは不可抗力だったとしても、脳波がフラットになったあとでは、早々に人工呼吸器を取外してしまったのかもしれないとも思うんです。いったん脳死した人間は、もう絶対に元へ戻せないんだと、兄がしきりにいってましたから」

「その通りですね」

弁護士はむしろ平静に頷いた。

「心臓は救急処置によって蘇生する場合があるけれども、脳死者を復活させることは、現代医学ではまだ不可能なのですから。お兄さんがあなたにいわれたように、父上の脳波がフラットになった時点で、自発呼吸も停止し、瞳孔も散大してしまっていたのであれば、これはまちがいなく脳死でしょうね。脳死については、例の心臓移植が行なわれた翌々年だったか、〝脳波と脳死委員会〟がまとめた判定の基準があるんですがね」

「……」

「まあ、死の判定という問題になると、四十三年に札幌医大で行なわれた心臓移植以後、心臓死よりも脳死によって死の判定をすべきだという動きが出て、論議が盛んになり、それを法制化しようという意見もあったが、結局そのままになったようです。が、いずれにせよ、脳死が不可逆的な……つまりもう永久にとり返しのつかない状態であるという点では、議論の余地がないわけですね。だから、実際の臨床の現場では、脳死した患者に対して、医師と家族とが相談して、カリウムの注射などによって心停止させることも、往々にあるようです。いや、必ずしも家族の了解をとらなくても、医師が百パーセント絶望的だと判断した場合には、それが行なわれているというのが現実ではないですかね。つまるところ、日本ではまだ、死の判定は、個々の現場の医師の判断に委《ゆだ》ねられているわけですから。——従って、たとえばもし、父上が脳死されたあとで、主治医がお兄さんたちと合意の上で、患者の心臓がまだ鼓動している間に人工呼吸器を外したとしても、現在の医学の実情に照せば、これは安楽死に該当しないと思われますね」

五領田はようやく自分が喋る側にまわったようだ。口調はあくまで穏やかだが、鼈甲縁の眼鏡の奥の目には、思わず聞く者の心を惹きこむような精気がこもっていた。

「また、いま一つ、あなたが指摘されている可能性として、蘇生術が故意に遅らされたのではないかという点ですが……しかしこれも、できるだけ急いだのだが、取りかかるまでにどうしても七、八分かかってしまったのだと説明されれば、それ以上追及のすべはないかもしれませんな。実際には、もっと遅れる場合もあるようです。以前わたしの知っていた入院患者で、やはり急に呼吸停止して、心臓も止まり、人工呼吸や心臓マッサージがはじまるまでに十五分以上経過してしまった。この時には、看護婦が患者の異常に気づくのが遅れたり、あいにく近くに医者がおらず、人手が揃わなかったなどの悪条件が重なったもので、そのまま亡くなりましたが。しかし、この程度は、まあ避けられない事態でね。医療ミスの範疇《はんちゅう》には入らないでしょうね。無論その時も、訴訟など起きませんでした。――七、八分というのは、必ずしもさほど遅れたほうではないんじゃないですか。極端にいえば、一般病室で、呼吸停止したまま、誰にも気付かれず、夜が明けたら亡くなっていたという患者さんだっているわけでしょう」

「………」

彼は再び紅茶を口に運び、嚙むようにして飲みこんだ。

「今度の父上の場合、もし、医師が不当に患者の死期を早めた事実があったと仮定すれば、たとえば、患者の気管にわざと異物を押しこんだとか、あるいは、異物がひっかかって危険な状態にあるのを知りながら放置したといったケースで、それがはっきり証明されるならば、これは当然、訴えを起こさねばならんでしょうが」

あの、ちょっと神経質そうで、真面目な学究肌にも見えた佃清人助教授が、そこまで思い切ったことをしたとは、典代には考えにくかった。たとえ利幸に頼まれたにせよ、そんな危険を冒してまで、彼にどれほどの利益があったというのだろう？　H・C・Uには三十分ごとに看護婦が巡回してきて、喉の吸引も行なっていたのだから、彼女らに見つからぬはずはなかっただろうし。

利幸にしても、手を下して父を殺すほどの行為を、医師に頼むなんて、到底信じられない……。

目の前の、少しとっつきにくい初老の弁護士が、徐々に、自分の胸の奥でくすぶっていた疑惑を整理してみせてくれたように、典代は感じた。

父が気管閉塞に陥った直後、佃助教授が周囲の医師や看護婦を指図して応急処置に取りかかる手順が、ほんのわずか、故意にスローペースで運ばれたのではなかったかという疑惑は、まだ少し、典代の胸の隅にわだかまってはいた。しかし、それを外部から証明しようというのは、確かに、どんなにか困難であろう。現に病院側は、小森が呼吸停止に陥った時には、別の救急患者が運びこまれたあとで、むしろ人手は揃っていた。直ちに適切な処置を施したのだが、脳死を免れなかったと、最初からそう説明しているという。

しかも、今の五領田弁護士の話では、蘇生術開始まで七、八分というのは、それほど常識外れに長い時間ではなかったらしい。

脳死の理論は、典代にはまだよく呑みこめない部分もあったが、要するに、脳死した人は、絶対に二度と生き返ることはない、つまり死んだ人と同じなのだということだけは、ようやく理解されてきた。

父が〝安楽死〞させられたとして、佃助教授や兄を告発することは、現状ではどうやら無理のようだ……。

意外なことに、典代の心は、ほのかな安堵に包まれかけていた。もともと、主治医や兄夫婦に、恨みや反感を抱いていたわけではなかった。それに、もし、父が安楽死させられたことが明白になったとすれば、その事実は、どれほどの救いになっただろうか。いや実は、ますます典代を苦しめる結果をもたらしただろう……。

「佃先生が、わざと父の喉に何か押しこんだとか、知っていて放っておいたとか、そんなひどいことのできる方とは、とても思えません」

しばらくして、典代は力をこめて呟き、何度か首を横に振った。自分自身に対しても、もうその種の疑いはすてようと、いい聞かせるふうに。

「そうすると、お兄さんがなぜ、父上の死亡をあなたに報らせることを後廻しにしたのか、この理由は依然はっきりしないわけですね」

五領田は典代に視線を当てたまま、表情を緩《ゆる》めずにいった。典代に彼を訪れる決心をさせたそもそもの動機が解明されない限り、問題がすっかり解決したことにはならないとでもいった目の色だ。

「やっぱり、私が解剖を承諾しないと困ると思ったからでしょうか」

「それにしても遅すぎると感じられたわけでしょう?」

「はい……」

「それであなたは、お兄さんが父上の〝安楽死〟をあなたに気取らせないために、連絡を遅くしたんじゃないかと疑ったわけですね」

「ええ、まあそうだったんですけど……」

話は堂々巡りになりそうだった。

ところが、弁護士は椅子の肱掛《ひじか》けに重心を預けるようにしながら、ちょっと語調を変えた。

「しかしね、その疑いは最初から少しおかしいのですよ、よく考えてみればね」

「……？」

「仮りに、主治医とお兄さんが合意の上で、父上の死期を少しばかり早めたとする。たとえばまあ、さっきいったように、父上の気管に微細な異物を詰まらせたままにしておくとか、あるいは、気管閉塞してから蘇生術が開始されるまでに、七、八分どころか、実は十分以上も、それも故意に経過させるというようなやり方で。だが、そんな場合にも、なにもお兄さんはあなたへの電話を遅らせる必要はないはずですよ。父上が亡くなった直後にあなたが駆けつけたところで、病院側とお兄さんとが口裏を合わせている限り、あなたに真相のわかるわけはないのだから。むしろ、妙な疑いを招かぬためにも、すぐさま報らせるものじゃないですかね」

「……」

「だがまた、現実には、死者の身近にいた家族が、遠くの兄弟や親戚に連絡したのがしばらくたってからだったという例も、時たま発生してはいますね。そんなケースでは、大抵、財産問題が絡んでいるようですが……」

「ああ……」と、典代は小さく頷いた。なるほど、弁護士はその方面に疑いを持ったのかもしれない。たとえば利幸が、妹の着く前に、父親の財産を隠してしまったとか……。

でも幸か不幸か、そんな可能性は想像もつかなかった。典代は十九歳で結婚する時に、父親に十分な仕度をしてもらったと感謝している。代りに今ある家を兄が引き継ぐことは当然だと了解している。父親の退職金は昨年家を改築するために大半使われていたし、残りも入院費用でほとんど消えていただろう。それ以外に、利幸が隠さなければならないほどの財産など、あの家にあるはずはない……。

やっぱり兄は、解剖にこだわっていたのだろうか——？

典代が早く着くと、解剖のために遺体を傷つけたことで、恨みごとをいわれるのがうるさいと思ったからか。

利幸が、なるべく典代を父の遺体から遠ざけたがっていたことは、ありありと感じられた。朝の十時に高知へ報らせれば、典代たちがこちらへ着くのは、どんなに急いでも二時すぎにはなる。それが彼にわからぬはずはないのに、三時に僧侶が呼ばれていて、短い枕経を読んだあと、三時半には葬儀屋の男が二人で上りこんできて、棺を運び出してしまった。

それ以前にも、祭壇の後に置かれたお棺の頭のほうから、典代が父の死顔に触れていると、利幸がその肩に手をかけて、引離すようにした。それから典代を縁側の端まで連れていって、事情を説明した。

坊さんが着いた時、晃はまだ祖父の遺体にとり縋っていた。典代が子供を連れにいって、二人で棺のそばに立っていたら、利幸が歩み寄ってきた。

『早くこっちにすわらないか』

晃を叱りつけた利幸のまるで脅すような語気と、険しい眼差が、典代の心に焼きついて離れない。

いや、絶対に忘れられないことは、まだほかにもあった。

あの記憶は、なるべく思い出さないようにしていた。どう思い返したところで、説明のつけようもないのに、その都度不思議に記憶は鮮明になり、あれは決して錯覚などではなかったと確信されてならないのだ。すると、自分が見てはならないものを見てしまったような、得体の知れぬ恐怖の悪寒に包まれるのである。晃が裾をはぐった経帷子の下に横たわっていた二つの足、低い甲やうすい爪の形を瞼に浮かべるたびに、典代は身内から血が退き、手足に鳥肌が立った。

(あの足は、お父さんのじゃなかった。まるで、他人の足みたいな……!)

もしかしたら、利幸もそのことを知っていて、それで、遺体を荼毘に付すまで、なるべく典代を遠ざけようとしていたのではないだろうか……?

「何か、気にかかることでもあるんですか」

五領田弁護士が、また穏やかに問いかけた。急に蒼ざめた典代の顔を、注意深い目で見守った。

「いえ……ちょっと、変なことを思い出したもんですから」

紛らすように笑った唇が震えた。

「些細な問題でも、釈然としないところがあれば、率直に打ちあけていただいたほうがいいのです。そのままにして帰ると、何のために弁護士に会ったのか、わからなくなりますからね」

彼はゴマ塩の強《こわ》そうな髭に指を当て、さっきと同じ根気のいい姿勢で、典代のことばを待った。

廃屋

1

日が短くなった。四時をすぎるともう陽射しに衰えがあらわれ、五時半ではすでにうす暗い。

公団住宅のある丘陵地から吹きおろす風が冷水のように襟元をかすめていくと、島尾丈己は首をすくめて足を急がせた。

（意外に遅くなってしまった……）

父親の勤める染工場へ、ようやく色挿しを仕上げた着物を届けてきた帰りである。工場からとくべつに廻してもらう多少の下請け仕事も、現在の島尾には大事な収入源の一つなのだが、仕事をする意欲や根気が、最近ではいよいよ失せてしまっている。つい遅れがちになり、届けるのもギリギリの約束日の夕方近くになってしまうのだった。

自転車がないと、こんな時にはとくに不便だ。

いったい自分がどこに自転車を乗りすててきたのか、思い出すまでに、彼はしばらく時間を要した。あれから三日ほどして、自転車のないことに気がつき、また二日以上もたってから、置き忘れた場所に思い当ったのだ。

十月九日の夕方、苑子夫人の電話を聞いて百合沢家に駆けつけたさい、向かいの家の生垣のそばに停めた。

帰りは、派出所の巡査が車で家の前まで送ってくれたので、そのまま忘れ去っていたのだ。

ようやくそれを思い返した時、戦慄のような感覚が一回、彼の体内を通過した。つぎには無理矢理またその記憶を追い払おうと努めた。もう二度と、あの辺には近づくのも嫌だ……。

古い自転車には名札が付けてなかったので、誰かが届けてくれるという期待も持てなかった。

『よーく思い出して、捜してらっしゃいよ。まだ乗れたのに、勿体ないじゃないの』

最近の島尾を、どこか奇異な目で見はじめている妻の和美にせっつかれて、彼はそれでも一度だけ、あの道路のゆるい坂の中途まで近寄ってみたことはある。百合沢家の門扉はふだんのように閉まり、反対側の緑の垣根の前に、自転車は見えなかった。

自転車が消えているのを認めた瞬間、島尾は、五月二十八日に百合沢を殺したあと、一週間たって雑木林の中の〝現場〟へ行ってみると、彼の死体はおろか、下駄もステッキも何もかも消えうせていた時の気持を連想した。それから、自分も何か不吉な運命を免れえないような、絶望的な恐怖に襲われた……。

島尾は追われるように家路を急いだ。近ごろは時間の感覚まで鈍化してしまったみたいで、ふと見廻すと、身の囲りがすっかり宵闇に包まれている時もある。

あちこちに団地のそびえ立つ、どこか砂漠のような広大な丘陵地を横切る舗装道路には、商店などはほとんどなく、車だけがスピードをあげて行き交っている。たまにすいたバスが、これは妙にのろのろと通過していく。今しがた島尾が乗ってきた路線だった。

バス停から大分離れてから、島尾は習慣的に後を振り返り、三十メートルほども距離をあけて歩いてくるその人影に気がついた。黒っぽい上っ張りとズボン。頭にハンチングみたいな帽子をかぶり、首には縞模様のマフラーを巻いている。うつむきかげんに頭をさげ、前後に軽く手を振りながらやってくる……。

島尾は事実、追われていた。

とりたてて特徴もない姿でありながら、島尾が一目でそれと見分けたのは、その人物がマフラーを巻いていたからである。

(また来たな……)

島尾は胃のあたりに鈍痛のような衝撃を覚えた。

その人影が現われたのは、島尾が気がついた限りでは、これで三度目だった。九日に百合沢宅を訪れ、百合沢錬平と恐ろしい対面をさせられて以後、いつも日暮れ時の、島尾の外出帰りの途中に姿を見せた。三十メートルから、時には十メートルくらいの背後に接近し、黙々と従《つ》いてきては、いつの間にかまた消えていた。決って同じ身なりをしている。

黒の芭蕉布の上っ張りと、丈夫な木綿の黒ズボン。それらは百合沢の仕事着だった。それか大島の着物以外の彼の姿を、島尾はあまり思い出せないくらいだ。たまのゴルフや山歩きには、彼は洒落たハンチングを愛用した。そして、白と茶と黒の縞模様が遠見にも目立つマフラー……。

五月の事件以後、島尾が目にした百合沢は、なぜか必ず、首にマフラーを巻いていた。九月九日日曜の午後、工房の中に腰掛けていた時も、そのちょうどひと月後の先夜、突然ナイフを握って島尾の前に立ち現われた時も……。

(あいつは今夜もナイフを持っているのではないだろうか?)

ふいに島尾は思い、すでに胸を一突きされたようなショックを感じた。

(百合沢にちがいない!)

今日こそは、否応なしにそれを悟った。

(あいつはいつまでああして俺をつけ廻すつもりだろう? 何の目的で……?)

自宅のほうへ向かう角に来て、島尾は左へ曲った。道が細くなり、ゆるくカーブしながら丘の麓へ下っている。この辺はあちこちにまだ樹木が生い繁り、その陰には沼などもある寂しい区域だが、一方住宅も近年、目に見えて増えてきていた。

木々の梢がもう黒々としたシルエットを浮きあがらせている。西の空の一部に、そこだけ燃えるような橙色の黄昏《たそがれ》が残っていた。

島尾は再び振り返った。人影は十メートルほどの後に迫っていた。ほかには誰も見えなかった。ふだんから人通りの少ない道である。

島尾が止ると、その人物も足を止めた。身を隠すでもなく、ジッとこちらに顔を向けている。その姿全体が、ほの暗い木陰の闇に埋もれていた。

島尾は歩き出した。すぐまた振り向かずにはいられなかった。すると人影も立ち止った。付近の家の門灯が漂い、その人物の右手の先にあるものを青白く光らせた。

(やはりナイフを……!)

島尾は縺《もつ》れるように足を急がせた。全身の神経を背後に集めて、追跡者の動きを読み取ろうとした。追ってくる。だが、急に距離を詰めてくる気配でもない。

(あいつはいつ俺を襲うつもりなのか? チャンスは今までにもいくらもあったというのに……?)

もしかしたら、百合沢は、この先何日も何日も、どこまでも島尾を追い廻し、絶え間ない恐怖を与え続け、徹底的に苦しめ痛めつけた末に、止《とど》めを刺そうという魂胆ではあるまいか。もしすぐに殺すことが目的なら、先夜偽の訃報でおびき寄せた時にも、それはたやすく遂げられたはずなのだ。執拗な尾行と絶えざる脅迫……その種の持久戦が島尾にはもっとも耐えがたいことを、百合沢は見抜いているにちがいない。それはまたいかにも、陰険で執念深い百合沢らしい復讐の手口ではないか……?

（その手に乗るものか）

島尾は肚《はら》の底が熱くなった。追いつめられた鼠のような、自棄的な力が湧き出した。相手の作戦が読めた以上、裏をかくことだ。

彼はやや歩調を落として、つぎのカーブを曲った。曲った直後から、坂道を走り下った。右手に土手と繋みが続き、左手は崖。崖の下にある二階建ての古い洋館の屋根が、道とほぼ同じ高さになっている。島尾は蔦《つた》の這っているコンクリートの平屋根へとびおりた。

それは、島尾の住むアパートから木の間隠れに見上げられる、煉瓦とコンクリート造りの洋館であった。今は空き家になっているが、補修の計画が中止にでもなったらしく、材木などの資材が少しばかり、庭先に運びこまれたまま、雨晒しにされていた。

屋根の上にはところどころ水がたまり、板切れやビニールマットなどが放置されていた。側面には煉瓦の煙突が設けられていて、それだけが平らな屋根から突き出していた。

島尾は煙突の向う側へ身を寄せた。息をひそめて、追跡者が通りすぎるのを待った。あいつの後へ廻り、背後から襲いかかるのだ。彼は足許に目を走らせた。何か凶器になるものは——ある！　錆びた鉄パイプが蔦の蔓の下に転がっているのが見分けられた。

（今度こそ、必ず息の根を止めてやる！）

死体はこの廃屋の中へ放りこんでおけばいいと、島尾は咄嗟に思いついた。追跡者を撒くことにした時、返り討ちにしようとまでは、考えていなかった。が、数分の間《ま》に殺意が固まり、それはたちまち燃える熱の塊になって、鳩尾《みずおち》をせり上げてくるようだった。

（今夜こそ、必ず……）

坂道に人間が現われた。帽子を目深にかぶり、マフラーと黒い服に包まれたやや小柄な影……。

島尾は煙突に両腕を廻して、身体を密着させた。人影は急ぎ足で通過していく。やがて視野から消えた直後に、あの鉄パイプを拾って……と、右足の踵の下が揺らいだかと感じた途端、コンクリートの一塊が崩れて落下した。下の敷石に当る鈍い音が響いた。

人影が足を止めた。

ゆっくりとした動作で身体を回転させ、こちらを向いた。肩を張り、首だけ突き出して、うす闇をすかし見た。その仕種《しぐさ》は、厳しい表情で下絵に見入っていた時の百合沢と共通していた。

相手が島尾を発見したことは、姿勢が静止したのでわかった。顔は定かではなかった。夜目にも白い両手を、そろそろとひろげた。右手に持つナイフの刃を上に向け、切っ先を島尾の心臓へ照準するかのように。

島尾は煙突から離れて、立った。そのままではあまりに無防備な恰好だったからだ。しかし、彼はすでに、圧倒的な恐怖に身を縛られていた。つい今しがたの闘志はあとかたもなく消えうせ、代りに、底知れぬ懼《おそ》れが彼の意識にからみついた。

（百合沢はなぜ生き返ったのだろう？　ああして自分の足で立ち、無傷な白い手でナイフを握るまでに……？）

人間は意志の力によって、死の世界から蘇ることもできるのだと、百合沢はいった。先夜の彼の底力を帯びた声が、今、奇怪な呪文のように、島尾の耳底で響いた。

『島尾……今日はわたしが、貴様を切り裂いてやる。一度はわたしを殺した、その指を、わたしの手で、切り刻んでやる……』

一歩、二歩……と、黒々とした影が、島尾に迫ってきた。縞模様のマフラーと、真白な手が、島尾の視野いっぱいにひろがった。不自然なほどの白さ……傷跡一つ残してないことを誇示するかのような……その手がふいに宙を切ってナイフを振りかざした瞬間、闇雲な衝動が島尾を支配した。わけのわからぬ叫びをあげて、彼は横とびに跳び出した。目の先の鉄パイプを拾って突進するつもりで——。

しかし、代りに彼は別の悲鳴を発して、激しく前に倒れた。右手は必死にパイプを摑もうとして、指先が近づいたが、たちまち離れた。両足が、朽ちかけていたコンクリートの庇《ひさし》を踏み、そこが崩れたのだ。足場を失った身体は、ずるずると沈下し、つぎの瞬間に墜落した——。

何か固い物の上に、人間の肉体がぶつかる鈍い音が聞こえた。

それきり、あたりはもとの静けさに包まれた。

黒い人影は、しばしその場に立ちつくしていた。やがて、足許に注意しながら、踵を返した。

道路へ戻り、坂道の両側へ素早く目を配った。人気のないのを確かめてから、その道を下っていった。

またカーブになり、廻りこむと、左手に古い洋館の出入口が認められた。鬱蒼《うつそう》と繁った木立の下に、煉瓦の低い門柱が二本立っていて、扉はなく、金具だけが残っていた。

人影は、門内へ忍び入った。ポーチを横切り、前庭を見渡した。

一階のテラスの石敷きの上に、島尾は俯せに倒れていた。両手をひろげた恰好で、顔は家のほうを向いている。

人影は足音をひそめて歩み寄った。屈んで、島尾の顔を覗きこんだ。彼の口許へ、自分の耳を近づけた。目を離して、全身を眺めた。決して手は触れなかったが、島尾の状態を注意深く観察した。

またしばらく、黙って島尾を見下ろしていた。

右手には、刃を上に向けたナイフが握られたままだった。それを逆手に握り直した。

テラスの石に、膝をついた。

ナイフの柄を両手で握り、刃先を直下へ向けた。

深く息を吸い、渾身《こんしん》の力をこめた勢いで、島尾の手へナイフを振り下ろした。

島尾は声もたてなかった。

その人影は、くり返し、突き刺した。血潮が四散し、指が千切れた。

右手を無残に切り裂いてしまうと、左手にも襲いかかった。

まるでその作業に憑かれたもののように、動かぬ手に向けて、ナイフを振るい続けた。外の道を通りかかった人の話し声が、廃屋の門の前で止ったことにも、気づく様子はなかった。

2

十月二十日午前九時――。

〝島尾丈己殺害事件捜査本部〟は、その前夜から、所轄東警察署に設置されていた。

「あの家は、もう一年以上も空き家になっておって、家主が近く取壊して、土地を売りに出すことに決めていたそうです。従って、それまではめったに人の出入りする機会もなかったと思われるのですが、幸い偶然にも……というか、発見者のほうでも、不審な気配を感じたので覗《のぞ》いてみたといっているわけです」

昨夜現場の指揮をとった県警本部特捜班の警部が、教室のような矩形《くけい》の部屋を埋めている人々の頭上へ目を配りながら、少し早口で説明した。室内には、東署署長をはじめ、次長、刑事官、刑事課長、それに署の捜査員と、県警本部から応援にきた特捜班ら、約四十名が集まっている。第一回の本格的捜査会議であった。

「正確に申しますと、昨十月十九日午後六時五分すぎごろ、現場の空き家の前を通りかかったアベックが、門の奥のほうに、人の気配がする。それも何かただならぬ空気を感じて、庭まで入ってみたところが、その直後に、テラスにいた人影が反対側へ逃げ去るのを認めた。もうす暗かったので、人相特徴などは見分けられなかったが、黒っぽい服を着て、縞のマフラーを巻いたやや小柄な男、という印象をのべている。一方、テラスの上には、別の男が血まみれで倒れていて、左手の甲の上から、ナイフが突き刺さったままになっていたという状況です」

発見者の男女は、坂道の上にある電話ボックスまで走って、一一〇番した。約五分後にパトロール部隊が到着した時、島尾丈己はすでに絶命していた。勿論、姓名や身許がわかったのは、しばらくあとのことだが。

県警本部と東署の両方から、捜査員と鑑識課員が急行した。

「――そこで、検視と現場検証の結果を総合しますと、死因は頭蓋骨骨折。傷の様相や周囲の状況から推して、被害者はあの家の屋上から墜落して、テラスの石で頭部を強打したものと考えられる。これが致命傷で、あとは両手がひどく刺されていましたが、そのほか身体には、外傷はほとんど見当りませんでした。死亡推定時刻は、同日午後六時前後、つまり発見された頃に当りますから、その直後に逃げ去った怪しい人影を有力容疑者と見てさしつかえない。犯人は、被害者を屋根の上に追いつめ、転落させたあと、なおも手を切り裂いていたが、アベックが入ってきたのに気づき、ナイフを抜きとる暇もなく逃走したものと推測されるわけです……」

事件の詳細を今朝はじめて聞く捜査員もあって、室内の空気はピンとはりつめている。時々メモをとる者もいた。

「解剖は、昨夜十一時より大学病院で執刀。そちらの総合所見も、死因や死後経過時間等、現場の推定を裏付けております。ただ、ここで一つ注目すべきことは、被害者の両手の刺創に、生活反応が非常に微弱にしか認められないという点ですね。傷は実にむごたらしいもので、右手の薬指と小指、左手の人差指と中指がほとんど千切れているほどですが、部位によって、生活反応がなかったり、あってもごく弱い。ということは、被害者は屋上から転落したさい、すでに即死に近かった。あの家は洋風の二階建てで、天井が高く、屋根の上から一階テラスまで約九メートルあった。墜落して頭を打てば、即死する可能性も十分強い。また、ご承知の通り、死亡直後の傷には、多少の生活反応が現われる場合もある。——すると犯人は、すでに死亡した被害者の手を、刺したことになる。なぜそんなことをしたのか。止めを刺そうとしたのであれば、心臓を狙ったはずである。しかるに、身体はまったく傷つけておらず、両手だけを極端に切り刻んだというのは……異常性格者の仕業であるのか、もしくは何か特殊な怨恨を持つ者の犯行ではなかったかとも、想像されるわけです……」

あとは各人の推理を促すように、警部は再び視線をめぐらせて、ひとまずことばを切った。

「犯人の遺留品は、被害者の左手に突き刺さっていたナイフだけなんですか」

若手の刑事から質問が出た。

「その通りです。ナイフは、刃渡り約十センチ、白木の柄のついた切出しナイフで、新品ではありません。とくに銘なども彫られていませんでした」

ナイフの出所を割り出す捜査も、まず望み薄であった。

「指紋は？」と別の声。

「柄からは一個も検出されていません。事件発見者の話によれば、犯人はナイフを抜き取る余裕もなく、あわてて逃げ去った模様で、指紋を拭い消す暇があったとも思われない。とすれば、犯人は手袋をはめていたのかもしれない。ただ、刃の根元近くに、一個だけ指紋が残っていた。右手拇指の指紋で、これが犯人のものかどうかは断定できないわけですが、警察庁へ電送して、全国の犯罪者リストとの照合を急いでいる段階です」

県警本部特捜班長の説明が一通り終ると、つぎには署の刑事課長が発言に立った。

事件発生の直後からは、現場検証と並行して、初動捜査が開始される。捜査員が四方に散り、付近の捜索と聞込み、関係者の事情聴取などに当る。ことに昨夜は、まだ犯人が近くに潜伏している可能性もあった。目撃者捜しも急がねばならない。署の刑事課長が、それらの指揮をとった。

被害者のズボンの尻ポケットには、財布が入っていて、その中から、本人のものと思われる内科医院の診察券が出てきた。これによって間もなく、身許が割れた。島尾丈己、三十一歳。住所は、現場から百五十メートルほど坂道を下ったアパートであった。捜査員が急行し、妻の和美を現場まで連れてきて、遺体を確認させた上で、事情を聴いた……。

「残念ながら、昨夜の段階では、犯人らしき人影を見かけたというような目撃者の証言は得られませんでした。犯人の足取りも、はっきりとは摑《つか》めてないのですが、あの家の門とは反対側には、鬱蒼と木が繁っていて、ずっと行くと小さな沼に出ますから、恐らく犯人はそのへんを通って、人目につかず逃走したものと想像されます。また、被害者の細君の話では、とくに恨みを受けていた人などは思い当らないというわけです。――しかしながら、あるいはこれは有力な手掛りになるんではないかという事柄が、いくつかは浮かんでおります……」

刑事課長は、先の警部とは対照的な、ゆるやかな調子で続けた。

「これも細君の話ですが、被害者は、昨夜の事件よりちょうど十日前に当る十月九日夕方、染織工芸家百合沢錬平の自宅へ赴き、帰ってきたあとから、どうも様子がおかしかったというんですね。まるで狙われて怯《おび》えているみたいに、ひどく落着かなかった。もう一つ奇妙なのは、その日は最初百合沢の奥さんから電話が掛って、彼が死んだと報らされ、葬式の手伝いに駆けつけたはずなんだが、あとで聞くと、それはまちがいだったという……」

百合沢錬平を知らない捜査員も少なくないので、刑事課長は簡単に説明した。

「――染織工芸の、型染という分野では、日本で五指に入る大家だそうです。被害者の島尾は、一昨年まで、百合沢の工房に弟子として住込んでいたんですね。工房と住居は、当署管内の東区高木町にあります。――ところが、その高木町派出所から、事件発生手配の直後に報告がきて、被害者の島尾丈己なら、十日ほど前に、ちょっと不審な行動があったというわけです。十月九日夕方六時すぎ、島尾が靴もはかずに歩いてきて、『百合沢錬平に殺される、助けてくれ』と訴えた。酒を飲んでいるふうでもなかったので、巡査は何かとくべつな事情でもあるのかと思い、島尾を派出所の中へ入れ、『なぜ百合沢に殺されるのか』と尋ねたところ、相手は急に黙りこんでしまった。しばらくして、一応落着きを取戻し、帰るといい出したので、住所氏名を確認した上、巡査が家の前まで送っていった。巡査はその帰りに百合沢家にも立寄ってみたが、奥さんが出てきて、百合沢は病気療養中である、島尾は二年もここへは来ていない、また島尾には昔から、被害妄想や虚言癖があったと答えたそうです……」

捜査員の間にざわめきが流れた。刑事課長の口から呈示された事柄を、どんなふうに解釈すればいいのかという、戸惑いのせいであろう。

「どうもおかしな話なんですが、ともあれ、百合沢と島尾との間に、何らかのトラブルが発生していたんではないかとは推察されるわけです。ところがこの百合沢錬平に関しては、ほかにも二、三の不審点や、変な噂も流れているんですね」

室内は再び静まり返った。

「まず、今年の六月はじめ、直接本署へ男の声で電話の通報があり、百合沢錬平宅の北側の雑木林の中に多量の血が流れたような跡があるので、調査してもらいたいということでした。この時には本署から捜査員二名が赴きまして、調べたところ、確かに血痕らしいものを認めました。そこの土を持ち帰って本庁の鑑識に依頼した結果、人血と判明しました。ただまあ、血が流されてから四、五日は経っていた模様で、どの程度の量であったかは、判定がむずかしかったわけです。それで、捜査員が近所の聞込みに廻り、近くの医院などにも問合わせたんですが、どこでもそれらしい怪我人を収容したという回答はないし、喧嘩があったなどの話も出てこない。勿論その現場へ救急車が要請された記録もないんで、結局そのまま立ち消えになっていたのです」

刑事課長は、捜査員たちが理解するのを待つように、少し間合いをとった。

「一方、百合沢錬平宅から約三百メートル離れた大通りの南側に、大矢外科という医院があります。百合沢はこの五月末に脳血栓で倒れてそちらへ運ばれ、手術のため一度大学病院へ移されて、二箇月後にまた大矢外科へ戻り、九月はじめに退院した——通いの弟子や、周囲の関係者には、そう説明されているようですが、実は、百合沢の〝脳血栓〟が世間に知られ出した先月末ごろから、奇妙な噂が立っているんだそうです……」

最初にそれを耳にしたのは、高木町派出所に勤務する若い巡査だった。彼は同じ町内の官舎に住んでいて、妻が近所の主婦から聞きこんできて、彼に報告した。噂の内容は——百合沢錬平は脳血栓ではなく、重傷を負って大矢外科へ担ぎこまれ、大学病院へ移されて大手術を受けた。しかもその手術とは、大怪我をした両手を切り取り、代りに他人の手を接合したらしい——というものだった。

噂の発生源は、百合沢が大学病院から戻ってきたと同じころ、大矢外科に入院していた主婦のようであった。主婦は看護婦たちの内緒話を小耳にはさんだらしい。

巡査は、六月はじめの血痕騒ぎとも思い合わせて、職業的興味を惹《ひ》かれた。

彼も今年の春ヘルニアで大矢外科へ通院したことがあり、その時親しくなった自分と同年配の看護婦から、真相を探ろうと考えた。根気よく接触し、最近になってようやく、ある程度の事情を聞き出すことに成功した……。

「それによりますと、百合沢錬平は五月二十八日午後七時に大矢外科へ入院。カルテの病名は脳血栓です。あいにく、当の看護婦はその日非番で、入院時の様子などはわからないそうです。しかし、日ごろから百合沢錬平と大矢院長は昵懇《じっこん》の間柄で、院長は時折百合沢宅へ碁を打ちにいっていたし、百合沢も奥さんも風邪程度なら大矢外科で注射してもらっていたので、何かあればそちらを頼ることは自然な状況だったようです」

当夜のうちに、百合沢が〝血栓除去手術〟のために大学病院へ運ばれたことも、カルテに記録されていた。ところが、その場に居合わせたはずの看護婦たちは、口止めでもされているのか、尋ねてもくわしい経過を語らないという。

約二箇月後の七月三十日、百合沢は大学病院から再び大矢外科へ戻されてきた。その前後以来、医学部脳神経外科の吉開教授から頻繁に電話が掛り、大矢院長も非常に気を配って、直接リハビリの指導などに当っていた。院長がとくべつ大事をとっているのは、百合沢が九月七日に退院して以後も、往診を続けていることからも察しられる。彼は毎日欠かさず、院内の回診前の午後四時ごろ、いちばん信頼している婦長一人を伴って、百合沢宅へ往診に通っているというのだ。

「外勤巡査に情報を提供してくれた若い看護婦は、百合沢が他人の手の接合手術を受けたのではないかとの疑いに対しては、わからないと首を傾げたものの、そんな噂が立ちやすい条件は揃《そろ》っていたようだと認めたそうです。というのは、百合沢が入院した五月二十八日夕方、それより約二時間前に、高木町交差点付近で車に撥ねられた男が大矢外科へ運びこまれ、翌朝の八時ごろ死亡したことになっている。しかし実は、その看護婦が二十九日朝八時に交代したさいには、患者はすでに死亡しており、しかもつい今しがたよそから運ばれてきたみたいな感じで、ちょっと不審に思ったことを憶えている。だから、もしかしてあの人も何かの理由でいったん大学病院へ運ばれたのだとすれば、他人同士の腕の接合が行なわれたのではないかと疑えぬこともないというんですね」

「高木町の事故なら、東署の管轄ですね」

県警本部の刑事が訊いた。

「そうです。うちの交通課で処理しています。記録を調べたところ、被害者は瀬川聡という二十六歳の男性で、大矢院長が死亡診断書を書いています。もっとも、死亡時にはまだ身許がわからず、いったん市の福祉事務所へ遺体を引渡したんですが、事故の三日後に家族が現われて確認した。被害者はノイローゼ気味で、S市から家出してきており、道路を横断中に頭からトラックに撥ねられた。救急車に収容した時には、頭は潰れていたが、身体や手足はほとんど無傷だったようです。従って、もし、百合沢の〝脳血栓〟が偽りで、〝大怪我をした〟という事実が判明した場合には、接合手術の噂もかなり現実性を帯びてくるわけですが……ただ、瀬川聡の遺体はすでに火葬されていますので、それを立証するには、また相当な困難を予想しなければならないでしょう……」

無言の衝撃が、さざ波のように、捜査員の面上を通過した。

議長役の特捜班警部が再び替って、会議をまとめた。島尾殺害犯人の割出しに、焦点が絞られた。

当面、現場付近の目撃者捜しと、被害者をめぐる動機関係の調査に全力を注ぐこと――。

関係者の指紋入手と、ナイフの刃に付着していた遺留指紋との対照――。

百合沢錬平の事情聴取、および、できれば彼の指紋とも照合してみること――。

(しかし……)

刑事課長は腕を組み、複雑な面持で宙を見据えていた。

(万一、噂通り、百合沢の両腕に瀬川の両手が接合されたのだとすれば、死んだ瀬川の指紋を照合しなければならないというわけだろうか……?)

指紋

1

五領田潤造弁護士が、国立大学医学部血管外科の堀内雅行教授と話合ったのは、十月二十日の夜で、高原典代の訪問を受けた八日後であった。

といっても、五領田は、典代の一件のためにわざわざ堀内教授に会う約束をとりつけたわけではなかった。

十二日の朝五領田を訪ねてきた典代の話を総合してみると、結局彼女は、父親の小森貞利が大学病院で安楽死させられたのではないかとの疑いを、漠然と抱いていたようであった。漠然とではあるが、そのままでは気がおさまらず、父親を失った直後の思い詰めたような心境で、弁護士に訴えたものと推察された。

しかし、小森のケースでは、たとえ多少死期を早められたと仮定してみても、それを証明するのはきわめて困難であり、また仮りに、主治医を告訴する方向に踏み切ったところで、日本の現代医学の実情から見て、小森の死を〝安楽死〟に該当させることはできないだろうという判断を、五領田は抱いた。

それを説明してやると、典代は一応納得したふうに見えた。

ほかにも彼女が話していた事柄——それにしてもなぜ兄の利幸が、父親の死亡を彼女に報らせることを遅らせたのかとか、二、三、五領田にも不可解な点は残ったが、財産をめぐる争いが起きているようでもなし、当面弁護士が介入するほどの問題は見出せなかった。

彼女の相談を受けた翌日に、〝水交会〟の通知が五領田の許に届いた。水交会というのは、それぞれ職種のちがう、医者、弁護士、銀行や各種企業の重役から支店長クラスなど十数人がメンバーになっていて、ひと月に一度料亭で会食をする社交グループである。最初は大阪の国立大学の卒業生ばかりが集まって作ったものだが、現在ではそうでない人も何人か加わっている。が、ともあれ、大都会の割に排他的風潮が強いといわれるM市の中で、よその土地や大学の出身者が集まって、互に情報を交換したり、便宜を計ろうといった趣旨を持つことにはちがいなかった。会の名前は、水魚の交りというほどの意味である。

「出席」のほうにマークをつけた葉書に氏名を記入しながら、水交会で堀内教授に会ったら小森の一件を話してみようと、五領田はチラリと思った。その理由は、同じ大学病院のことだからというより、死んだ患者の主治医が脳外科の佃助教授だったと聞いていたからである。血管外科の堀内教授と脳神経外科の吉開教授は、研究室は隣同士にありながら、日ごろから対立しており、また佃助教授は吉開教授の忠実な腹心である——その程度の内部事情に、五領田は通じていた。

二十日の晩、料亭の帰りに、五領田は堀内教授とあと一人会社重役との三人で、メンバーズクラブへ立ち寄った。ちょうど自然にそんな形になった。クラブはホテルの地下にあり、上品な雰囲気で、そう混むことはない。その晩も、三人が腰をおろしたボックス席の近くには、ほかの客の姿はなかった。

小一時間飲んだあと、重役がそろそろ帰ろうというポーズを示した。堀内もそれに従いかけたが、五領田がもう少し飲んでいきたいというと、堀内はまた腰を落着けた。

翌日が早朝ゴルフという重役が先に帰り、二人になった。

「十日ほど前に、脳外科の佃助教授の患者だったという人の娘がうちに来ましてね……」

しばらくたってから、五領田は切り出した。そのことばかり考えていたわけでもなかったが、やはりちょっと耳に入れておこうと思った。

「ええ」と、堀内は銀縁眼鏡の奥の細い目を見張るようにした。彼は五領田より十歳近くも若く、五年前大阪の国立大学助教授から、M大血管外科教授のポストについた。そのさいの教授選では、彼の先輩で五領田と懇意にしている開業医から五領田に依頼があり、五領田は旧知のM大教授や教授連に影響力を持つ人物などに口をきいて、堀内の票固めをしてやった。大学は大阪だったが、卒業後すぐM市に戻り、長年弁護士会の役員をしている五領田は、大学関係にも知人を多数持っていた。

そんな経緯から、堀内は五領田を信頼し、何かと相談を持ちかけることもあった。

「簡単にいえば、父親が佃助教授に安楽死させられたんじゃないかということだったんですがね……」

五領田は典代の話をかいつまんで伝えた。

途中から、堀内は、五領田が意外に感じたほど、真剣な眼差を向け、息をのむようにして聞いていた。いちいち頷《うなず》きながら、パイプの先から煙草の灰がこぼれ落ちるのも気がつかないでいたが、

「十月四日に気管閉塞で死亡した小森という患者ですね。それまでは植物状態でH・C・Uに入院していた……」と念を押した。

「そうです」

「で、その娘がいってたことは、それだけですか」

「うむ……いやそもそもは、そばに付いていた兄さんが、父親が脳死した時点ですぐに報らせてくれてもいいものを、心停止した翌日の朝になってやっと電話をしてきたというんですな。それから高知を発ってきたので、父親の遺体と別れを惜しむ暇もなかった。そのへんがどうも釈然としないというようなことから、もしかしたら何か自分に知られたくない秘密でもあるんじゃないかと、疑ぐり出したらしいんですよ」

堀内があまり熱心に耳をそばだてているので、五領田は細かい事情まで話した。

「釈然としないといえば、遺体のことでも、変な話をしてましたよ」

最後に典代が打ちあけた話を思い出して、五領田はちょっと苦笑した。

「遺体のことというと？」

堀内はいっそう身を乗り出した。

「いや、何か、お棺に入っていた遺体の足が、生前とはひどく変っていたというんですよ。大足で困るほどだったのに、すっかり縮んで、爪の特徴まで全然ちがうので、まるで別人の足みたいだったと……植物人間になって長い間寝ていると、そんなふうになるものなんですかね」

堀内はそれには答えず、どこか呆然としたような面持で、煙草を消している。再び息をつめて五領田を見返した。

「まあこれが、たとえばその娘が一度も父親の死顔を見ないうちに、火葬にされてしまったとでもいうのであれば、実は別人の遺体が棺に入ってたんじゃないかなどというミステリーも生まれるわけでしょうがね」

五領田がまた笑いながらいった。ふだんはほとんど無駄口など叩くほうではないが、アルコールが入ると多少舌がほぐれた。

「しかし、彼女はあくまで、父親の顔を確認しているんだから……」

「それで、彼女はその件に関しては、何といっているわけですか」

「いや、別に……さっきもお話ししたように、このケースを安楽死で告発しようというのは無理だろうと説明してやったら、納得した顔で帰りましたよ。まあもともと、どうしても主治医を告訴するというほどの決意があったようでもないんですがね」

「ああ、そうですか……」

堀内は、溜めていた息を徐々に吐き出すように、妙に力をこめて答えた。上体を戻してソファにもたれ、ほの暗い空間をすかし見ている。

五領田はカラになったグラスをあげて、ホステスを呼んだ。ここにはホステスも三人ほどいるが、一般のクラブやキャバレーとちがって、客のそばに掛けて会話に加わることはない。呼んだ時だけ歩み寄ってきて、飲み物を拵《こしら》える程度だった。

ホステスが水割りのお替りを作ってテーブルを離れてからも、堀内は同じ姿勢を続けていた。前髪のうすい、肥満ぎみの横顔は、極度に思考を凝集している者のように、表情がこわばったままだ。

「お心当りでもあるんですか、その患者に？」

五領田がようやく尋ねた。

「ええ……」と、まだ少し上の空の答えが返ってきた。

弁護士は無言になり、水割りを口に運びながら待った。

やがて、堀内も、手許のグラスから一口飲んだ。周囲に人のいないのを確かめて、五領田に視線を当てた。何か重大な決断を下したような目の色だった。

「実はですね……その小森という植物状態の患者は、ある手術を受けた模様なのです。

十月三日の深夜から、四日の午後に及ぶ十六時間の大手術だったそうですが」

堀内は再び顔を近づけ、囁《ささや》くような低声《こごえ》で喋《しゃべ》った。

「そんな大手術を?……すると、気管閉塞というのは……?」

五領田も同様の声で訊き返した。

「無論カルテには、先生が患者の娘から聞かれた通りに書かれています」

「では、家族には無断で手術したわけですか」

「いや、多分、そばにいた息子には了解を得た上でだと思いますね」

「どういった手術をしたんです?」

堀内は軽く唇を噛み、しげしげと五領田を見返した。彼の目を凝視《みつ》めながら、いっときまた自分の思考に没入していた。少したってから、

「同じ時に、もう一人手術を受けた患者がいまして、そちらはカルテの上でも……つまり表向きにもオペの適用になっているわけです」

「……?」

「吉開教授の紹介で特別室に入院していた肝臓癌の患者で、あと二箇月も保つまいといわれていたようですがね」

「で、その患者は?」

「生存していますよ。少なくとも、術後十六日の今日現在では」

五領田は一度深い呼吸をして、椅子の上で身動《みじろ》ぎした。堀内の話の意味が、わかりそ

うでいて、もう一つ呑みこめない苛立ちを覚えていた。

「要するに……同じ時に、二人の患者が長時間の大手術を受けながら、片方はカルテにも記録されていないということは？」

「脳外科の吉開教授以下、助教授、講師、それに血管外科と麻酔専門医を入れて、総勢九人、看護婦六人というスタッフで、全員に厳重な箝口令《かんこう》がしかれていたようです」

「では、堀内先生はどうやってお知りになったわけですか」

「いや、わたしはそのころフィリピンの学会に行って留守だったんですが、帰ってきたら、手術室の看護婦の一人が、内々でわたしに報告しにきたのです。十月三日の晩、彼女は偶々《たまたま》泊りに当っていて、オペに参加させられた。ほかの看護婦は大抵、事前に佃助教授か、うちの野川あたりから話があって、事情を呑みこんでいた様子だったそうです。彼女は手術開始直前に聞かされた。すんだあとでは、厳重に口止めされたが、あえてわたしの耳に入れる決心をしたということでした」

「血管外科の野川助教授も加わっておられたわけですか」

「そうなんですよ。もともと野川は吉開教授の率いる例の動物実験チームの一員なんですから」

堀内は水割りを啜《すす》り、苦《にが》そうに口許を引締めた。

「なるほど……」

五領田にもようやく、それが何か容易ならぬ手術であり、しかも自分の教室の助教授が参加していたという点で、堀内の微妙な心理が推察されてきた。堀内教授と野川助教授は、五年前の教授選で争い、野川が敗れた。その痼《しこり》が残って、二人の間はしっくりいっていなかった。野川助教授は、最近むしろ隣の脳外科教室の吉開教授と接近し、隙あらば堀内教授を追い出そうと画策しているなどと、いつか堀内は五領田に洩らしたことがあった。

「実はねえ、どうもこの種の手術が四箇月ほど前にも行なわれた形跡が濃厚なんですよ。同じチームで、看護婦だけは多少ちがっていたようですが」

「ほう……」

「今年の五月末で、その時はわたしもこちらにおったんですが、脳外科で何か大きな手術があり、野川君が応援に狩り出されたという程度までは知っていたのです。今度わたしに報らせにきた看護婦は、五月の時には非番で、関係してなかったんですが、今から思うと、どうもあの時も同種の手術だったような気がするというわけです。そういわれてみれば、野川君が事後に報告しにきたさいも、何か奥歯に物が挟まったような口吻《くちぶり》だったですよ。こういった点はうちの大学の悪い傾向で、よその研究室で何をやっているのか、ほかの先生がどんなオペをしたのか、お互にまったくわれ関せずで通ってしまうところがありますからねえ」

「で、真相はわかったのですか」

「ええ、およそ調べはついているのです」

堀内はまたあたりを見まわし、一段と声をひそめた。

「病歴部へ出向いて、そのころのカルテを点検してみた結果、五月二十八日午後十一時から、一つ手術が行なわれていました。患者は百合沢錬平という、ご存知かもしれませんが、伝統工芸の大家ですよ。この人が東区の大矢外科から、救急搬入患者として運びこまれ、直ちにオペの適用になっています。カルテの上では、脳血栓の血栓除去で、手術時間は二時間と記入してありました」

「ええ」

「しかし、看護婦の話では、もっとずっと長時間にわたる大手術が行なわれたような気配だったといいますし、野川君の報告も、どうもそう簡単なものではなかった感じでしたね」

「………」

「ところがね、同日には、ほかに死亡した患者が見当らないのです。つまり、もし百合沢に、今度と同じオペが施されたとすれば、表向き手術を受けたのは百合沢一人だが、実はもう一人、同時に手術室へ入った患者がいて、そちらは別の病名で死亡しているはずなのです。例の植物状態患者と同様にね」

「ええ……」

「しかるにいくら捜しても、カルテ閲覧室には、それに該当する患者のカルテが残っていない。ただ、面白いことに、カルテのナンバーが一つとんでいた。一枚欠番になっていたんですよ」

「ほう」

「それから、百合沢が救急搬入患者だった点に着目しましてね。病院の受付にある入院患者台帖を調べてみたところが、案の定、百合沢が到着した直前に、もう一人救急患者が運ばれてきた事実が記録されていたんですよ。〈救急搬入患者・意識不明のため姓名住所不明〉と鉛筆で走り書きしてあっただけですがね」

「…………」

「してみると、百合沢と同時に手術を受けた患者も、よそからの搬入患者で、場合によってはこれも大矢外科から運ばれてきた可能性だってあるわけです。おそらく、手術後は、ひそかにもとの医院へ戻され、そこで死亡したという扱いにされたんだと思いますね。手術後のカルテは処分され、搬入時に受付を通過したさいの記録だけ残っていたわけですよ」

「百合沢のほうは生きているんですか」

「術後二箇月は大学病院に入院し、その間主治医は佃助教授で、吉開教授も毎日のように病室を訪ねていたそうですよ。その後いったん大矢外科へ戻され、聞くところでは、今はもう退院して自宅に帰っているということです」

「すると、手術は成功した……」

「くわしい予後まではわからないのですが、まあ、現段階では、ひとまず成功したといえるのかもしれません。しかし、成功したから許されるというものではないでしょう。現に、もう一方の姓名不詳の救急患者にせよ、今度の植物状態患者にせよ、どんな状態で手術され、どのように死亡したのか、その経過が明らかになれば、場合によっては人体……」

人体実験、といいかけて、堀内は口をつぐんだ。暗然たる目を、宙に漂わせた。五領田の身内にも冷たい戦慄が走った。

わずかな沈黙のあとで、

「どういった手術だったのです？」

五領田は抑えた声で訊いた。さっき一度口にした質問である。

「ええ……まあ、五月の件は、まず疑いないとは睨んでいますが、まだ確証を挙げるまでには至ってないのです。しかし、この十月三日から四日にかけて行なわれた手術は、直接それに参加した看護婦の報告があったわけですから、かなり細部まで掴めているのです……」

堀内はやっと話し出した。重く低い声で、だがわかりやすくかいつまんで、手術の内容を説明した。

「もっとも、ぼくに内報してくれた看護婦は、植物状態患者の側についたので、もう一方の、つまり、生命維持の主体とされた多賀谷という肝臓癌の患者のほうは、最初からずっと見ていたわけではない。小森の処置が終った段階で、多賀谷の応援にまわったということで……」

五領田は、固唾《かたず》をのんで耳を傾けた。堀内の説明が進むにつれ、五領田の視野からは周囲の現実が消えうせ、ほの白い手術室の空気と、灰色の人影の動きだけが浮かびあがるかに感じられた。

『あの足は、まるで父のじゃなくて……他人の足みたいだったんです』

高原典代の震える声が、彼の脳裡に蘇った。

堀内が一通り話し終えると、今度は長い沈黙が、二人の間に流れた。水割りのグラスはどちらもカラになっていたが、これ以上酒を飲める気分ではなかった。ホステスたちも、何か異常に緊張した雰囲気を察してか、お替りを尋ねにくることも遠慮していた。

「――で、堀内先生は、この件をどんなふうに扱われるおつもりですか」

やがて、弁護士がようやくふだんの物静かな語調を取戻して尋ねた。

「ええ……看護婦の話を聞いたのが、学会から帰った翌日の七日でね、それから内偵をはじめて、まだもう少し調べたいのですが、ともかく、可能な限りデータを揃えた上で、学内の倫理委員会に提訴してはと考えているんです。どのみちその前には、五領田先生にご相談するつもりではおったのですが」

「倫理委員会ですか」

二人は計るような眸を見交した。

五領田が、堀内の微妙な内心を忖度《そんたく》できるのは、問題の手術に血管外科の野川助教授も参加していたと聞いたからであった。堀内は、手術のリーダーと目される吉開教授や、野川助教授とも敵対関係にある。事あらば彼らを糺弾したいというのが本心であろう。そんな私情を抜きにしても、見て見ぬ振りはできぬ断固たる姿勢もあるのにちがいない。しかしまた、この件があまりに大きな社会的問題に発展し、関係者がきびしい制裁を受けることにでもなれば、堀内自身まで責任を問われかねない。野川助教授は、いわば彼の直属の部下だからである。また、そのような事態に至る可能性も、決して少なくないと思われた。

五領田はゆっくり頷いた。

「M大の倫理委員会は、いざとなると行動力がありますからね。いつか、ロボトミーが行なわれたとかいう時にも、ずいぶん活発に調査や討論を続けたそうじゃないですか」

「ええ。しかしあくまで、医学部全体の立場を考慮して動くでしょうから」

それにしても、倫理委員会まで持ちこまれれば、学外へ洩れずにすむことはないだろうと、五領田は予想した。そしていったんマスコミにキャッチされるや、国中の、あるいは世界的規模の反響を巻きおこさずにはおかぬ大ニュースとなるのではないか——？

(それもまた、しかるべき展開であろう……)

今、堀内教授の口から語られた事実は、やはり少数の個人を超えた、人間の本質に関わる問題を孕《はら》んでいると、五領田弁護士は判断していた。

2

島尾丈己の死体の左手に突き刺さっていたナイフの刃の付け根から、右手拇指の指紋が一箇検出されている。白木の柄にはまったくなかったので、それは犯人がうっかり残したものか、それとも無関係な指紋なのか、五分五分の推測が持たれた。

ともかく、東京の警察庁鑑識課へ電送され、各指ごとにコンピュータに保管されている全国犯罪者指紋リストと照合された。

その回答は――〈該当指紋ナシ〉であった。

M市東署の捜査本部では、同じ指紋を百合沢錬平の指紋と対照することも考えた。彼と島尾との間には、何らかのトラブルが起きていたらしいことが、島尾の妻や派出所からの話で浮かんでいた。それらの情報の中には、不可解な部分も多く、百合沢には事情聴取の必要も生まれた。

しかしながら、妻の苑子は、夫はまだ健康が回復していないという理由で、刑事との面会を拒絶した。となると、百合沢は社会的地位のある工芸家であり、まだ〝参考人〟の域を出ないだけに、警察もそう強引に踏みこむわけにもいかない。

そちらが二の足を踏んでいる間に、署の刑事課長は、交通課に保管されていた瀬川聡の十指の指紋のうち、右手拇指の指紋を県警本部鑑識課へ送り、遺留指紋との鑑定を依頼した。この五月末に身許不明の交通事故被害者として大矢外科へ運びこまれた瀬川の両手が、百合沢の手とすげ替えられたという奇妙な噂が流れていたからである。それを聞きこんだのは、大矢外科近くの高木町派出所の巡査で、島尾の事件発生後に本署へ報告した。噂の真偽や、島尾殺しとの関連などは、まだどちらとも不明だった。

しかし、万一その噂が事実であったとすれば、百合沢の腕には瀬川の手が接合されていることになる。百合沢は本来の瀬川の指紋を有しているわけで、刑事課長はその万一の可能性が無視できなかった。

鑑識の結果は、二十一日日曜日の夜、捜査本部へ伝えられた。ナイフの遺留指紋と、瀬川聡の指紋とは、見事に一致した。

すると、噂は本当で、百合沢が凶器のナイフを振るって、島尾を襲ったのか？

いやそれとも、五月二十九日に死亡した瀬川が、かつてあのナイフの刃に触れたことがあり、その同じナイフで別の犯人が島尾の手を刺したのか——？

捜査員はさっそく、大矢外科を訪れた。が、院長の大矢勉は、札幌の学会に出席中で、月曜の夜まで戻らないという返事だった。すぐ札幌へ電話を入れ、大矢と連絡をとろうとした。

一方、瀬川聡の遺体が、五月三十日にまちがいなく火葬されたことが、市の火葬場で確認された。つぎに、遺体を引取りにきた実兄と、瀬川の恋人で彼の日常をよく知っていたS市の杉乃井滝子の許へ、刑事が出張した。

二十二日の朝、会計事務所へ出勤した滝子は、M市から来た二人連れの刑事の訪問を受けた。

応接室で滝子と対座した彼らは、はじめ、生前の瀬川の性格や暮しぶりを尋ねた。

「M市の公立大学を卒業したのなら、あちらに知合いも多かったんじゃないですか」

県警本部特捜班の若い刑事が訊いた。

「はい。仕事でもよく出掛けていました」と滝子は答えた。

「東区高木町に住んでいる百合沢錬平という染織工芸家をご存知ですか」

細《ほ》っそりとして知的な杉乃井滝子の顔が、心なしか蒼ざめるのを、刑事は認めた。

「はい」と、彼女はややあって頷いた。

「瀬川さんは、生前に、百合沢氏と付合いがあったのでしょうか」

「いえ……私は、存じません」

「では、大矢外科の院長とは？」

「大矢外科へは、事故のあと担ぎこまれて……でも、それ以前には、別に聞いた憶えはありません」

二人の刑事は、目顔で何か相談するふうに見えた。

東署の年長の刑事が、口を開いた。

「実はですね、五月二十八日に瀬川さんが大矢外科へ運ばれたあと、少したって百合沢氏もあちらへ入院した模様なのです。その後二人共大学病院へ移され、両手の接合手術が行なわれたのではないかと見られる節があるのですが……」

滝子を吃驚りさせないために、刑事は小出しにするような喋り方をした。滝子の顔が、また心持ち蒼さを増したほかは、表情が変らないので、刑事はまだ彼女が事態を理解していないと感じた。

「つまりですね。瀬川さんの両手を切断して、百合沢氏の両腕にすげ替えるような手術がなされたのではないか。その可能性が濃厚になってきたわけなんですが、それについて、あなたが何か聞かれたり、気がついたことはなかったでしょうか」

「……」

「たとえば、あなたも市の火葬場へ行かれて、遺体に対面されたそうですが、その時どこか不自然に感じたとか、あるいはまた、瀬川さんの遺族のほうから内密な話があったとか……」

滝子は息をひそめ、刑事の胸のあたりに視線を固定させていた。が、その眸は、もっと遠くにある何かを見ているようでもあった。

彼女はやはりあまり表情を動かさず、かなり長い間、ひっそりと無言でいた。

それから、かすかに震える、だが芯はしっかりした声で答えた。

「私も、最初は、そんなふうに想像しました。瀬川さんの手が、百合沢先生の手になったのではないかと……」

「ええ」

「でも、それだけではありませんでした。もっと大きな、というか、何か意味のちがう

「……深い意味を持つことが、行なわれたのではなかったでしょうか」

「深い意味を持つ？——もうちょっと具体的に話してもらえませんか」

「はい……私、先だって大矢外科へうかがいまして、院長先生にお会いしてきました。その帰りに……」

帰りがけに、主任看護婦が洗面所で滝子に近づき、暗示的なことばを囁いた。瀬川はここで死んだのではない。大学病院へ運ばれた——と。

『でもね、いずれ何もかもはっきりする時がくると思うわ。それまで、もうしばらく待ってらっしゃい』

一途な性格を感じさせる看護婦の目には、怒りにも似た熱気がこもっていた。それはおそらく、〝手術〟を断行した人々への非難だったのだと、今の滝子には察しられる……。

とはいえ、看護婦にしても、その場で自分の知っているすべてを滝子に明かしてやろうと思っていたわけではなかった。ただ、『どうぞ本当のことを——』と大矢に懇請した滝子の声を衝立《ついたて》の陰で聞き、なだめる意味でほんの少し内情をほのめかしたというほどのつもりらしかった。つぎには滝子のほうからいくら訊いても、それ以上答えてはくれなかったから。

しかし、滝子は諦められなかった。主任看護婦が、もっと深く、何か重大な真相まで知っていると直感した。

その場は別れ、ほかの看護婦から、彼女の住所などを聞き出した。彼女は柏木澄江といい、三十七、八歳で、結婚しており、大矢医院の近くのアパートで暮していた。夫はどこかの会社の夜勤をしているということだった。

夕方六時すぎに、滝子は澄江がアパートへ帰ってきたのを見届け、十分ほどしてブザーを押した。ドアを開けた澄江は、戸口に立っている滝子を認めて、溜息をついた。もう根負けしたというふうにも見えた。

彼女は滝子を室内へ請じ入れ、滝子の問いに対して、考えこみながら、少しずつ語ってくれた。彼女が直接接した事実と、それから彼女が推測し、ほぼ確信している事柄とを……。

それらの経緯を思い返し、滝子はいったんことばをのみこんだ。澄江を苦しい立場に陥れる結果になってはいけない。

滝子はいい直した。

「大矢外科で、およその事情が察しられました」

「やはり瀬川さんは、大学病院へ運ばれたのですか」

「たぶん、そうだったと思います」

「そこで死亡したのですか」

「おそらく……いいえ、彼はまだ生きていますわ」

「え……？」

「瀬川さんの身体は……いえ、彼の肉体はあくまで彼として生きているのかもしれません」

滝子はふいに叫ぶようにいった。が、その眸は、いっそう遠くを凝視めているように、朧《おぼろ》な光をたたえていた。

3

十月二十二日月曜日の正午、島尾丈己殺人事件捜査本部は、百合沢錬平を重要参考人と認め、任意出頭を求めた。表向きは任意出頭だが、もし今度も病気を理由に出頭を拒めば、捜査員が乗りこんで臨床尋問も辞さぬ構えでいた。

百合沢宅へ赴いた刑事係長らの一行に、百合沢の弟子だという青年が応対した。

「先生は、つい二時間ほど前、容態が急変して、大学病院へ入院されました」

青年の顔は蒼白で、ただならぬ気配を漂わせていた。

大学病院へ問合わせがなされた。主治医の佃清人助教授が、百合沢が入院した事実を認め、手短に容態をのべた。

「急性肺炎と考えられます。きわめて重態で、とうてい面会の許される状態ではありません」

札幌へ行っていた大矢院長も、報らせを受けて予定を早めたのか、午後六時すぎには医院へ帰ってきた。待機していた捜査員に対して、彼も、百合沢の容態が落着くまではいっさいの聴取に応じられないと、頑《かたく》なに拒絶した。

そのまま、まる二日が経過した。

十月二十四日午後零時三十五分、百合沢が息を引きとったことが、大学病院に詰めていた警察官から、東署へ伝えられた。

事件の鍵を握る重要参考人と目された百合沢が、何一つ語らずに他界してしまえば、島尾殺しの捜査は壁につき当るのではないか。ひいては、百合沢と瀬川との間で行なわれたと見られる〝手術〟についても、患者が二人共死亡し、関係者が口をつぐんだ場合には、真相は究明しきれず、ウヤムヤに葬られる可能性も強いのではないか――と、捜査本部は懸念した。

だが、その恐れは覆《くつがえ》された。

百合沢が死亡した日の夜十二時近く、妻の苑子が東署へ出頭した。彼女は、連絡を受けて駆けつけた署長と刑事課長の前に、袱紗《ふくさ》に包んできた小型テープレコーダーを差し出した。

「百合沢が、亡くなります前に、高熱の中で、遺言をいたしました。それを、世の中に公表するようにということも、遺言のうちに含まれておりました」

苑子は、姿のいい大柄な身体に、百合沢の作品である濃紺の着物を着ていた。気丈らしく整った白い顔には、いいようもなく深い哀しみと、不動の決意とが、凝結しているかに感じられた。

「入院後に収録なさったのですか」と署長が尋ねた。

「はい、一昨夜遅く――」

「百合沢先生には、島尾事件について、一度くわしい事情をお伺いしたいと思っていました。事件に関するお話も入っているのでしょうか」

するとは、小さく首を横に振るような仕種をした。

「お聞きくだされば、すべてがはっきりいたしますでしょう」

苑子ははじめて疲れきった影を滲《にじ》ませて、瞼《まぶた》を伏せた。

署長室で、テープが再生された。

静寂の中に、声が流れ出た。

署長も刑事課長も、最初それが百合沢錬平の声だとは、判別できなかった。話していることの内容も、なかなか聞き取れなかった。声はいたって低く、痰《たん》がからんではかすれ、その上発声が言語障害を持つ人のように不明瞭であった。

しかし、テープが回転していくうちに、以前百合沢の談話をテレビで聞いたことのある刑事課長が、思い当るふうに顔を頷かせた。健康なころの百合沢は、重みのある声で、抑揚は少なく、語尾を押すような喋り方をした。その特徴が、わずかだが確かに認められたのだ。

最初に戻して、もう一度テープを廻した。

死を前にした人間の、異様なまでにつきつめた意志が、聞く者の心に伝わってきた。

「わたしは以前から、大矢院長と懇意にしていた。院長に、その手術の話を聞いたのは、今年の正月ごろ……」

百合沢の〝遺言〟は、そんなことばからはじまった。あまり長く喋る力のないことを自覚してか、率直で、やや先を急ぐような話しぶりだった。どうしても聞き取れない箇所や、混乱しているところでは、テープを止めて、苑子が百合沢のことばを整理し、反復した。彼女は夫の心中をほぼ正確に理解しているようであった。

その結果、およそつぎのような内容になった。

「手術の話とは……大矢院長は、人間の頭蓋は置換できるといった。つまり、脳には障害なく死にかけている人間の頭を切り離して、別の脳死した人間の身体の上に付ければ、神経が繋がり、一箇の人間として生き続けられるだろう。動物実験ではすでに成功している。人間では、まだ行なわれていないというだけだ。ほかの臓器移植では、拒絶反応が起きれば死ぬが、脳にはその恐れが少ない。手術が成功し、運がよければ、長く延命できるかもしれない。これはSFではない。まして、殺人にも当らない。現代医学では、人間の首のすげ替えは、可能なのだと。

わたしは、彼の話に、強い感銘を受けた。もし万一、自分が病気や事故で、肉体を侵され、脳には何の損傷もなく死に瀕したとしたら、そしてもし一方に、すでに脳死して、肉体だけが無傷で残っている人がいたならば、ぜひその肉体を譲りうけ、その上にわたしの頭を移植してもらいたいものだと、わたしは笑って院長にいった。だがその時、わたしは自分の仕事について考えていた。まだし残していることが山ほどある。ライフワークと自負していた源氏物語のシリーズも未完成。このままでは死にきれぬ――それこそ予感だったのだ。

島尾丈己は、わたしを逆恨みして、雑木林で切りつけてきた。ナイフを握ったあいつが襲ってきた瞬間、ああ、殺されると、はっきり感じた。

それから、どれほどの日数がたってからだろう。

わたしはぼんやりと意識を取戻し、その後も徐々に、視覚や聴覚や、人の話を理解する力が蘇ってきた時、わたしは妻から、手術について聞いた。わたしが重傷で、もはや心臓を救えないと判断した大矢院長は、妻に相談した。偶然、交通事故で脳死した青年がいる。彼の脳は永久に戻らないが、心臓はまだ鼓動している。もし、わたしがそれを希望するとしたら――？

わたしは、いや、わたしたちは、大学病院へ運ばれて、手術を受けた。だから、わたしの頸から下には、その青年の肉体が接合していた。のびのびとして均整のとれた身体だ。

先生方は、術後半年たてば、脊髄の中枢神経が再生し、立って歩くこともできるだろうと励まして、リハビリを続けてくださった。

わたしは大矢外科へ戻り、車椅子のまま退院させてもらった。わたしにまだ生の時間が与えられているうちに、残っている仕事を仕上げたい一心だった。自分の手足が動かなくとも、弟子たちに指図して、なんとかして仕事を進めたいと焦った。

だが、とうてい思うようにはいかなかった。

わたしはしばしば、わたしに肉体を委ねて死んでいった見知らぬ青年のことを想像した。この美しい四肢を持った青年が、元気で生きていた姿を心に描いた。

すると、身体の自由が蘇るのを、怖いとすら感じた。その時には、青年の肉体が、わたしの精神を支配しそうな気がした。いや、このままだって、そうでないといえるだろうか。よく考えてみれば、そもそもわたしとその青年と、どちらが生き残ったというのだろう？

いずれにせよ、時間がつきたようだ。

わたしの受けた手術が、自分にとって、人間の存在そのものにとっても、いかなる意味を持つのか、わたしにはわからない。わからぬままで、死を迎える。

だが、必ずまた、第二の手術が行なわれるだろう。人間は、どこまでも、人間の限界を追求せずにはいられないのだ。それが人間の哀しさではないか。

第三、第四の、現在のわたしのような人間が、十年も二十年も生き続けられる日が、間もなく来るにちがいないのだ。もし、人々が、それを望んだならば。

その日のために、いや、その日を選ぶまえに、この告白を世に晒すことを、わたしは妻に托した……」

再び静寂が、室内を支配した。

署長が、まだなかば呆然とした面持ちで、苑子に目を向けた。

「島尾丈己は、百合沢先生に切りつけたのですか、雑木林で……？」

「はい……そのようでした」

「その時の状況を、わかる限りくわしく話していただけませんか」

「はい。五月二十八日の夕方、あの人が無断で工房に入っていく後姿を、私、家の中から偶然見かけまして、何か暗い予感がしたのを憶えております。そのうち主人が母屋へ戻ってきて、物もいわずにステッキを持って、庭へ降りました。何か不愉快なことでもありますと、雑木林まで散歩に行って、頭をすっきりさせてくる習慣がございました。それから、十分もたっていたでしょうか。東京の美術団体の方から、主人にお電話がありまして、私、すぐ掛け直しますからと申して、いったん切りました。主人を呼びに、林へ入りましたところが……主人が血に染って倒れておりました。家にとって返して、大矢先生にお電話しました。ふだんから、病気や怪我といえば、すぐ先生にお願いしていたものですから。幸い発見が早かったのと、大矢先生が五分もたたずに駆けつけてくださったので、医院へ運ばれた時には、まだ望みはあったのです。でも、輸血が多すぎて、しだいに凝固が悪くなり、止血できなくなったそうで……先生は、このままでは助からないと判断されて、私に手術の相談をなさいました。先生は、恩師である医学部の教授チームが、長年進めておられた研究の内容をつぶさにご存知で、手術の条件に適合する症例があれば、大学病院で行ないたいとの意向も、受けていらしたようです。私は、大矢先生を信頼しておりましたし、それにもう、たとえどんな方法でも、命を取り留められるならば……私は迷わず、手術をお願いしました。主人も同じ気持だと、信じておりました」

苑子ははじめて声を詰らせ、指先で唇を押さえた。

「なるほど。では、手術後の百合沢先生は、さぞかし島尾丈己を憎んでおられたわけでしょうね」

「それはもう……意識が戻り、記憶が蘇りますほどに、いえ、それでも、手足はまだ麻痺したままで、仕事をするなど思いもよらぬ状態におかれておりますと、その焦りでなおのこと、何もかもあの男の仕業からと思えば……憎んでも憎み足りなかったにちがいありません」

「先生は最後まで、手足が麻痺したまま、自力で立つこともできなかったのですか」

「はい……筋肉に多少の反応が出てきていましたから、間もなく運動機能も回復するだろうと、先生方は励ましてくださってましたけれど」

「すると……実は、島尾の奥さんと高木町派出所から、こういった届け出が入っているんですがね。十月九日夕方、百合沢夫人の声で島尾のアパートへ電話が掛り、百合沢氏が死亡したと告げた。島尾は驚いて駆けつけたが、それは偽りだったらしい。また一方、同日の六時すぎ、島尾が靴もはかずに派出所付近を通りかかり、『百合沢が追ってくる』とか、『あいつに殺される』などと口走った。それ以来、彼は様子がおかしかったというのですが、あの日、お宅で何かあったのではありませんか。たとえば、車椅子に掛けたままにせよ、百合沢さんが島尾に対して、復讐を匂わせる言辞を吐くとか……？」

「………」

「もう一つ、島尾の左手に突き刺さっていたナイフの刃から、瀬川聡という青年の指紋が検出されています。その青年の身体と、百合沢さんの頭部とが、手術によって一体にされたことは、このテープや、瀬川さんの恋人だった女性の証言によっても、すでに疑問の余地はないと思われるのですが、そうなると、百合沢さんに、島尾殺害の有力な容疑が生じてくる。だがまた、今の話では、百合沢さんはまだ立ったり歩いたりできなかったということですが……それは、事実ですか」

濃紺で波の紋様を染めあげた着物の膝で、苑子はしなやかな両手をきつく握りあわせていた。うつむいた口許に、複雑で寂しげな微笑の影を漂わせた。

「あの男が恐怖に駆られ、我を忘れて派出所に駆けこんだのも、無理はありません。自分の手で殺したはずの百合沢が、ナイフを握って立ちはだかるのを見たのですから。でも、それは私が、後で支えていたのです。ナイフは右手に縛りつけてありました」

「………」

「それ以後は、私が同じナイフを持ち、主人の仕事着を着け、マフラーを巻いて、島尾を追い廻しました。主人の知らなかったことですが、でも私はそうしていると、本当に主人の心になり代る気がいたしました。両手に白い手袋をはめて、どこにも指紋が残らないように注意したつもりですが、刃に主人の、いえ、瀬川さんの指紋が、付いたままになっていたのでしょう。でも、島尾丈己を殺したのは、私の仕業でございます」

もとより自首する覚悟で来たことを感じさせる静かな声で、苑子はいい切った。

「奥さんが、ご主人のナイフを握り、仕事着を着て……」

署長と苑子の会話を黙って聞いていた刑事課長が、ふいに呟いた。

「ご主人のマフラーを巻いていたんですね」

事件当夜、島尾の死体を発見したアベックが、逃げ去った人影は黒っぽい服を着て、縞のマフラーを巻いていたと証言したのを、彼は思い出していた。まだ季節には少し早いマフラーを、それも目立ちやすい縞柄などを、なぜ犯人は着けていたのかと、不審に感じたことも——。

それから突然、彼の眼底に、一つの写真が浮かびあがった。あれは九月末ごろだったか、床屋で順番を待つ間に何気なく開いた週刊誌に、百合沢錬平の写真が載っていた。自署の管内に居住する有名人ということで、彼はその名前と顔を知っていたし、百合沢が出演したテレビも視た憶えがあった……。

「週刊誌のグラビアに、百合沢さんが出ていらしたことがありましたね」

苑子は少し驚いた顔で彼を凝視《みつ》めたが、

「はい……あれを撮りましたのは、やっと退院したばかりのころでございました。柿沼修司さんの〝美を創《と》るひと〟というシリーズで、柿沼先生とは前々からのお約束だったものですから……」

撮影させたことを、なぜか悔いるように、苑子は唇をかんだ。

「あの写真でも、百合沢さんはマフラーを巻いておられたですね」

日によってはまだ残暑も感じられるころから、なぜ毛糸のマフラーなど着けるのかと、その時も奇異に思った。芸術家には変った趣向があるものだと考えたことも、刑事課長は憶えている。

手術後の百合沢は、常にマフラーを巻いていたようだ。

そうしなければならない理由があったからではないか？——マフラーの下に隠されていたはずの生々しい瘢痕《はんこん》を想像して、彼はかすかに身震いした。

『現在のわたしのような人間が、十年も二十年も生き続けられる日が、間もなく来るにちがいないのだ。もし、人々が、それを望んだならば……』

百合沢錬平の異様な声が、静寂の底から蘇るかに感じられた。

手術

1

M大医学部血管外科の堀内雅行教授が、脳神経外科吉開教授がリーダーとなって行なった二つの手術について、大学の倫理委員会へ正式に提訴したのは、十月三十日火曜日であった。

M大医学部の倫理委員会は、学部内の教授から助手までを含む二十名のメンバーで構成されている。毎年委員が任命されるが、ふだんは特に活動はしない。が、何か問題が起きれば、実情を調査し、その可否を討論して、教授会や理事会に意見を提出する。

そこで、倫理委員会では直ちに行動を開始し、その結果、吉開専太郎教授以下医師九人、看護婦六人のチームが、今年の五月二十八日から二十九日にかけてと、十月三日から四日にかけての二回にわたり、四人の患者に対して、頭蓋の全置換手術を行なった事実を、およそ確認した。

医師のメンバーは、脳神経外科教授吉開専太郎、同助教授佃清人、同講師杉岡卓、同助手高橋弘之、血管外科助教授野川進二、同助手渡辺明夫、それに麻酔科の専門医三名が協力した模様である。

患者は、五月二十八日の手術では、大矢外科医院よりの救急搬入患者百合沢錬平五十一歳と、瀬川聡二十六歳で、百合沢の頭蓋に、瀬川の頸から下のボディが移植された。

十月三日の手術は、大学病院第一内科の肝臓癌患者多賀谷徳七六十四歳と、植物状態でH・C・Uに入院していた小森貞利五十六歳の二人に関わるもので、多賀谷の頭蓋に、小森のボディが移植された。

ここまでの事実が明らかになった段階で、十一月十五日には教授会が招集された。関係者が呼ばれて質疑応答があり、その後、善後処置が協議されたが、すぐには結論はまとまらなかった。

教授会の内容が、誰かの口からか外部に洩れ、一部の新聞がキャッチするや、たちまちマスコミが集中した。人間の首のすげ替え手術が断行されたニュースが、衝撃的に報道された。

手術関係者、ことに最高責任者である吉開教授へは、報道関係者からの問合わせやインタビューの申込みが殺到した。それ以前にも、教授は東警察署と地方検察庁から、事情聴取のため任意出頭を求められていた。

が、彼は出頭を拒否し、また手術内容の具体的な説明を求める質問に対しては、いっさいノー・コメントで押し通した。代りに——

「この十二月四日から、東京で、日本脳神経外科学会が開催されます。もともと私はそこで、今回の二例の手術結果を報告するつもりでおりました。私は本来、自分の研究の成果を、正式の学会で発表し、類似の研究を行なっている仲間やコンペティターの率直な批判を仰ぎ、正しい評価を受けることこそ、学者の本分であると信じています。従ってそれまでは、マスコミなどで、いたずらにセンセーショナルに報道されることを避けたいのです。手術の詳細については、学会発表を聞いていただきたいと思います」

彼は、淡々と、それだけに自信のほどを感じさせる口調で、そのような答えを繰返した。


しかしながら、その学会発表をめぐっては、またさまざまの風評も流れた。

「吉開教授は、どうも急に演題の変更を申し入れた模様ですね」

堀内教授が、電話で、五領田弁護士に語ったのは、学会をあと一週間後に控えた夜である。堀内は、今度の件をはじめて五領田に打ちあけて以来、たびたび電話を掛けて、その後の自分の行動や学内の反応などを伝えては、弁護士の助言を求めていた。

「確かに彼は、十二月の学会の講演予定者ではあったのですが、演題としては、組織免疫に関するもっと基礎的なテーマを提出していたらしいのです。ところが、二つの手術が明るみに出て、世間が騒ぎはじめたので、にわかに演題を変更して発表に踏みきった……脳外科の関係者の間では、もっぱらそんな観測がなされているそうですよ」

「すると、そもそも彼は、手術についていっさい発表しないつもりだったわけですか」

五領田が尋ねた。

「少なくとも、最初の一例である百合沢と瀬川の手術は、闇に葬る心算《つもり》だったのではないですかね。あれは偶々条件の揃った両者を、気心の知れた後輩の外科医院から運びこませ、チームを招集して急遽《きゆうきよ》断行した恰好です。あとあと厄介な問題が出てくる恐れも多分にあったわけで、瀬川のカルテが抹消されているのを見ても、発表の意志はなかったとわたしは踏んでますね。しかし第二例については……もともとまったく発表しないような手術なら、逆に何ら業績にもならないわけですから……」

「第一例が失敗していれば、つぎの手術は行なわれなかったかもしれませんね」

「おそらく、そんなところでしょう。が、百合沢が術後約四箇月生存していた時点で、彼らは第二例の実行を決定した。これはあらかじめ、当人や両者の家族とも了解を取り、できる限りの条件を整えた上で着手したと考えられますね。そして第二例も成功した暁には、たぶん、多賀谷が三箇月から半年以上生存し、神経機能の再生もある程度認められた段階で、学会発表する計画だった。ところが、それ以前に事実が漏洩して、追及される立場になったため、吉開教授らは、あたかも最初から十二月の学会で発表するつもりだったような姿勢で、二例の公表を決意したということではないですかね」

「なるほど……」

「吉開教授は、臨床研究者としてばかりでなく、なかなかの政治的手腕の持ち主だという評判の人物ですしね。次期学部長選も狙っているだけに、そのへんの計算には抜かりないはずですよ」

堀内教授は、ライバルへの皮肉をチラリとのぞかせた。

「とはいえ、地検も動き出している気配ですからね。百合沢の死の前後から、警察が手術のことを嗅ぎつけ、その後は地検が主体となって、吉開教授の手術に殺人の疑いを抱いて内偵を進めているという話を、知合いの記者からちょっと耳に挟んだんですがね。——今度の件は、法律的にはどういうことになるわけですかね」

五領田もその点はいろいろ分析してみたが、

「非常に難しいところですね。何によって死の判定を下すか、あるいは生命の本拠をどこに置くかなどの前提によって、百八十度ちがってきますからね」

「……………」

「基本的には、医学的な治療行為は違法性が阻却されるわけですが、それには医学上一般に承認された方法によらねばならず、まだ承認されるに至っていない方法を実験的に用いた場合には、たとえ結果が成功しても、違法性なしとはいえないという学説とか、患者本人か家族の同意または推定的同意が重視されねばならないといった有力な説がありましてね。——まあ、私個人の考えとしては、ひとまず生命の本拠は脳にあるとして、脳が生き残った側と、ボディ提供者とを、分けて検討すべきではないですかね。ボディ提供者に対しては、手術施行者に殺人か死体損壊の罪が成立するのではないかとの疑問は当然出てくると思いますが、殺人になるかどうかは、例の死の判定によって変ってくるでしょう。仮りに、新しい脳死説を採って、殺人を否定したとすれば、つぎに死体損壊か否かは、本人や家族の同意のあるなしにもよるんじゃないですか」

「はあ……」

「一方、脳が生き残った患者側には、一応同意があったと認められるかもしれない。が、それにしても、あくまで今度の手術が医学上承認されてはじめて、違法性がなくなるのであってね。承認されなければ、刑事的責任が発生する余地は残っているわけです」

「その点は、どうやって判断するのですか」

「いよいよ裁判にでもなれば、専門の学者が証人または鑑定人として意見を求められると思いますが。結局、現代医学の水準をどこに置くかにかかってくるのでしょうか」

「世論の影響も大きいでしょうしねえ……」

「それによっては、新しい法律が生まれないとも限りませんよ」

少しの間、電話は沈黙していた。

五領田弁護士が予想した通り、堀内が倫理委員会に持ち出した直後から、事態は急速に、社会的問題に発展していた。学内はおろか、マスコミの大きな反響を呼び、今では国中の関心が、来たるべき学会に向けられているといっても過言ではない。その後またどのような展開を見るか、堀内教授までが責任を問われる立場になるのかどうかなど、五領田にもはや予測がつかなかった。

「ともあれ、ここはやはり、学会の結果を待つしかないでしょうな」

しばらくして、五領田が穏やかにいった。

「まあ、学会では時間の制限があるので、それ以上の詳細は、学界誌に論文で発表されるわけでしょうが――」

堀内も、考えこみながら、複雑な声で答えた。

「それにしても、およその審判は下るでしょう……」

2

日本脳神経外科学会は、十二月四日より三日間、東京の国立教育会館で開催された。

吉開専太郎は、二日目の午後一時から、四十五分間の特別講演を行なうことになっていた。一般には七分とか十分とかの短い講演の多い中で、特別講演は文字通り、とくに時間を与えられている。

十二月五日は朝から冷たい雨が降りしきっていたが、教育会館の周辺には早くから報道関係の車などが多数つめかけ、ただならぬ熱気を漲《みなぎ》らせていた。

学会の第一会場である講堂には、定員の千六百人を越す聴衆が集まり、通路に立つ者も出てきた。これも異例のことである。大部分は学会の会員である専門医だが、ほかの分野の学者や評論家なども、かなりの数顔を見せていた。血管外科の堀内教授や、五領田弁護士も、学会に申請して出席の許可を得た。またこの日は、演題に対する社会的関心が考慮されて、約五十人の記者とカメラマンも、とくべつに入場を許された。

正一時——。

座長である脳神経外科学会会長が、ステージ右手に姿を見せた。吉開教授の研究歴と、講演のテーマを、簡単に紹介した。

〈頭蓋の全置換手術例について〉

これが今日の演題であり、すでに垂れ幕に大書されて、ステージの袖に下っていた。続いて、吉開教授が、左側から壇上に現われた。半白の髪を七三に分け、中肉中背の姿勢のいい身体に、黒の背広をすっきりと着こなしている。

拍手が湧いた。

左手演者席のテーブルへ歩み寄った吉開は、まだ少し拍手の続いている場内をひとわたり眺めて、軽く一礼した。学会の場数を踏んだ演者の、落着いた態度に見えた。しかし、上品に整った顔はさすがにきびしい緊張にこわばり、強く見張った目には一種精悍な光が漂い出ていた。

彼はまず、座長席のほうへちょっと身体を向けて、座長の労と、本日の講演の機会を与えられたことに感謝するといった意味の挨拶をした。

再び彼が正面を向いた時、会場は水を打った静寂に包まれていた。

吉開は、テーブルの上に置いたレジメに一度目を落とし、呼吸を整えるような間合いをとった。それから顔をあげて、明晰な口調で話しはじめた。

「私以下十名のチームは、長年にわたり、脊髄レベルで切断された中枢神経の再生に関する研究を進めております。世界各国の先駆的論文、資料を集め、各研究所と連絡をとりあいながら、実験を重ねてまいりました。

動物実験例によれば、いったん切断された別々の動物の頭蓋とボディは、血管系が確保され、血流が断絶しない限り、移植手術は成功し、加えて、中枢神経の再生も認められることが明らかにされております。中枢神経以外の自律神経および末梢神経が縫合再生可能なことは、すでに周知のところであります。加えて、免疫学的には――」

場内には咳《しわぶき》一つ起こらず、聴衆はたちまち全身を耳にして聞き入っている様子だった。

五領田弁護士は、比較的前の席に腰掛けていた。吉開の話が、いきなり医学的核心に入ったことに、彼はかすかな戸惑いを覚えた。が、特別講演といっても持ち時間は四十五分しかなく、また相手がほとんど専門家であれば、それはむしろ当然かもしれなかった。

「免疫学的には、脳にはリンパ液がなく、脳血液関門で異物の侵入を阻止する機能があるため、脳は拒絶反応を起こしにくく、ほかの臓器よりはるかに移植しやすいことが、アメリカのロバート・J・ホワイト博士、および私たちチームの実験例で証明されております。ほかの軟部組織の拒絶反応に関しては、従来の事前適合検査、免疫抑制剤投与などにより、十分に防止可能であります。たとえ軽度の発生を見ても、脳の機能が損われたり、死亡要因となることは考えられません。

以上の実験データは、人間において、ボディに治癒不能な傷病を有する患者の頭蓋と、すでに脳死した患者のボディとの全置換手術という臨床的応用を指向するものであります。

私たちは、この方法によって、健康な脳を有しながら、ボディの廃絶のため死に瀕している患者の延命を計り、やがて中枢神経の再生を待てば、社会復帰も可能であること、また、たとえ中枢神経が百パーセント再生しない場合にも、生命、意識レベル、目、耳、鼻、舌の機能などは確保できるとの信念に達しておりました。

本年になって、私たちの研究条件に適応する症例に遭遇しましたので、この方法を臨床に応用し、手術を施行いたしました。以下その症例をご報告いたします」

吉開は、視線を上に向けた。

「では、スライドをお願いします」

その声を合図に、場内が暗転した。ステージ正面の壁に大きなスクリーンが浮かびあがり、そのほかは吉開の前のテーブルにだけ、ライトが注がれた。

鮮やかなブルーのバックに、白い文字が映し出された。〈頭蓋の全置換手術例について〉のタイトルが上に出て、下に、吉開以下十名のチームメンバーの氏名が列記されている。こうした学会の講演では、スライドの使用が通例であり、今日はとくに吉開がスライド係に研究室の助手も加えているらしいと、五領田は堀内教授から聞いていた。堀内はM大のほかの教授連といっしょに、別の席に入っているようだ。

吉開は、スライドの焦点が安定したところで、再び口を切った。

「ケース1。ボディに致命的損傷を伴う患者の頭蓋と、交通外傷による脳死者のボディとの、第五頸椎レベルでの全置換手術であります。

患者Aは、五十一歳、男性。身長一六八センチ。

傷害により、肝臓、腸管および両手指に多数の損傷を有し、某医院にて応急処置と開腹手術を受けましたが、多量の輸血による血液凝固障害をもたらし、止血不能に陥り
……」

スライドが変って、全裸の男性の全身が映し出された。両手を開き、仰向けに横たわった患者の身体には、腹部と両手に沢山の絆創膏《ばんそうこう》やガーゼが当てがわれ、鮮血が滲み出ている。喉の下に人工呼吸器が繋がれ、左の内踝《うちくるぶし》には輸血の管が挿入されている。白布を巻かれた頭、蒼ざめた顔、頰にこびりついた血痕……カラーだけに、いやが上にも生々しい。

場内に、はじめてざわめきが流れた。聴衆の中で、その「患者A」が染織工芸家百合沢錬平であることを、あるいは生前の彼の顔を知っていた者も、少なくないにちがいない。五領田も、二年ほど前、何かのパーティで百合沢と会い、短い時間会話を交したことがあった。時折写真を見かけた憶えもある。今、スライドの中で瞼を閉じている患者の顔には、太い眉や秀でた額のあたりに、確かに記憶の面影が残っていた。

痛ましい思いが、弁護士の胸を刺した。それからふいに、目の前で語られている事柄

が、おそろしい現実感で肌に迫るような気がした。

「――貧血による心衰弱をきたし、このままでは心臓死は免れないと判断されていました」

再びスライドが動くと、CTスキャンによる内臓損傷の所見と、検査データが映された。それらはみな、百合沢がそのままでは死を免れえなかったことを、証明するもののようであった。

「一方、患者Bは、二十六歳、男性。身長一七九センチ。

交通外傷により、右側頭部より後頭部にかけて広範な頭部外傷、脳挫傷を伴い、受傷直後より意識不明。某医院にて治療を受けましたが、五月二十八日午後九時、脳波平坦化して脳死の状態となりました……」

「患者B」の上半身が出た。右顔面から頭部が血だらけのガーゼに被われ、その隙間から脳波測定用のコードを多数装着されている。人工呼吸器のチューブもはまっているが、それより下の身体は無傷である。肩幅が広く、胸が厚く、引締った体格が、写真でも感じられる。これが堀内教授の話していたもう一人の救急搬入患者であろうと、五領田は思った。彼が瀬川という交通事故被害者だったことも、その後聞いていた。

患者Bの心電図と、フラットな線になった脳波の写真が、続いて映された。

「この時点で、私たちは、AB二名の患者の存在を知り、双方ともこのままでは救命しえないこと、両者の血液型が同じであることを確認した上で、手術の適用を思い立った次第であります。

同日午後十時二十分、二台の救急車を要請。Aは輸血を続行し、人工呼吸器を付けた状態で、Bも人工呼吸器使用のまま、M大学附属病院救急医療センターへ搬入しました。

直ちに両者を手術室へ運び、血液型とHLA抗原の検査。幸い、HLA抗原も一致を見ましたので、両者の組織適合性はきわめて良好と判断し、直ちに免疫抑制剤の投与を開始しました。

午後十一時、手術開始。

Aに対し、脳外科医二名、血管外科医一名、麻酔医一名が担当。

Bに対しても、脳外科医二名、血管外科医一名、麻酔医一名が担当。さらに麻酔医一名が両者を統括しました。

まず両者に、全身モニターと脳波測定器を装着。

ついで、Aの輸血と人工呼吸器、Bの人工呼吸器は継続したままで、両者を全身麻酔下に置きました。

つぎに、両者の頸部の皮膚を第五頸椎レベルで切開――」

場内はいよいよ、異様な緊迫感に包まれた。

吉開の報告が手術開始後にかかると、スライド写真は減り、代りに解説の図や文章がスクリーンに拡大された。手術中には多数の写真を撮る余裕もなかったのであろう。

人間の頸部の側面図が映り、血管や神経の配置も記入された図の中央部に、赤で横線が一本引かれている。第五頸椎レベルを示す線である。外側から見れば、喉仏のすぐ下くらいに当る。二人の患者の頭部とボディは、その位置で切断されるわけなのだ。

「皮膚を切開後、それぞれ両側《そく》の頸動脈二本、頸静脈二本、椎骨動脈二本を露出します。Ａの頭蓋にある頸動脈二本、頸静脈二本、椎骨動脈二本と、Ｂのボディから出ている同じ血管六本とを、それぞれ互に、ビニールチューブで繋ぎます。チューブの長さは約一メートル。これは人工心肺使用のさいと同じ方法であります」

再び写真が現われた。同時に、息をのむ一瞬があった。

それは、信じがたいような光景であった。

二人の患者の手術台は、一メートル内外と思われる距離に接近していた。百合沢の頸の中ほどが切開され、頭のほうから出ている血管に、数本のビニールチューブが接続されている。チューブは隣の手術台まで延びて、それぞれの先が瀬川の頸の内側へ入りこんでいる。瀬川の頸部も切開されて、チューブの先は彼の身体のほうから出てくる血管と接合しているようだ。瀬川の頭も、百合沢のボディも、まだ切り離されてはいない。ただビニールチューブが枝のように分れ出て、二人の身体を繋いでいるのだ。切開されている頸部の外側には、さほどの出血は見えなかった。

その写真は、この手術の重大なポイントであるらしく、吉開もスクリーンを見あげて、いっとき静止していた。

「このように、チューブでバイパスを付ける方法によって、Ａの頭蓋とＢのボディとの間に血液が流れあい、血管系が確保されるわけであります」

瀬川のボディから百合沢の頭部へ、血液が循環している事実は、チューブがどれも鮮血の色をたたえていることで明らかであった。

「生命維持の大原則である血流が維持されたことにより、その後は急がずに手術を続行いたしました。

両者共、周辺の筋肉を切断。

バイパスをつけた以外の血管、自律神経、末梢神経、食道、気管などの切断。直径五ミリ以上の血管は、鉗子《かんし》で止めておき、あとで縫合いたしました。小さな血管は、電気凝固で止血しました。

最後に、第五、第六頸椎間で、頸椎を離断し、頸髄をメスですみやかに切断し、瞬間的にAの頭蓋をBのボディに重ねました」

画面が変った。

つぎの瞬間、「あっ」というどよめきが会場を満たした。正面を向いた百合沢の顔が、まぎれもなく、瀬川の逞しい身体の上にのっていたのだ。頸部で重ね合わせた直後の写真らしく、血管のチューブもまだ付いたままで、たるんで垂れ下っている。が、今度こそ、百合沢の頭部と瀬川のボディは、それぞれ完全に切り離されて孤立し、そして両者が一体になっている！

その新しい〝一人〟の傍らには、すでに死骸と化したもう一対の頭部とボディが、別々にとり残されているにちがいなかった。その姿が、スライドと重なるように、五領田の眼底をかすめた。おそらくこの直後にその一対も外形だけ接合され、「瀬川の遺体」としてすみやかに大矢外科医院へ返送されたのであろう……。

「このさい、バイパスを付けた以外の動脈、静脈、毛細血管から、多少の出血を認めましたが、ガーゼで圧迫するうち、数分以内で止血できました」

吉開は、ひたすら高揚を抑えた声で、説明を続けた。

「頸椎の中にある中枢神経は、縫合不可能なため、頸髄は接着させる以外の方法はありません。頸髄をしっかり接着させた上で、頸椎は鋼線で固定しました」

頸椎、つまり頸の脊椎骨を重ね合わせ、穴を開けて鋼線を上下に通して固定した図が、スライドで説明された。

「血管のバイパスを付けたままで、Aの頭蓋の両側頸動脈二本、頸静脈二本、椎骨動脈二本と、Bのボディの同じ血管とを、直接縫合しました。縫合終了後、ビニールチューブを外しました。このさいにも、直接繋いだ箇所からある程度の出血を見ましたが、圧迫によって止血できました。

続いて、食道と気管の縫合。

これ以後は顕微鏡を使用し、頸部を通っている自律神経、末梢神経、鉗子で止めておいた血管を縫合いたしました。

筋肉の縫合。

皮膚を縫合し、手術終了は五月二十九日午後三時五分。約十六時間を要しました」

そこで吉開は、さすがに肩で息をついた。場内の興奮が少しでも静まるのを待つように、沈黙した。その間に、ポケットから白いハンカチを取出して、額の汗を押さえた。

再び彼は、マイクに顔を近づけた。

「つぎに、患者Aの術後経過をご報告いたします。

術後、呼吸、心機能などは比較的安定した状態を保っていましたが、人工呼吸器の使用を続けました。点滴による補液と術前から使用していた免疫抑制剤の投与継続……」

スクリーンには、「手術当日の術後経過表」として、心電図と、呼吸、脈搏、血圧などの数値が示された。

「術後五日目から、補液に加え、経鼻栄養を開始。

術後一週間でわずかに自発呼吸が認められたため、人工呼吸器をそれに合わせて調整しました。

二週間でかなり自発呼吸を回復しましたが、人工呼吸器の使用は継続しました。

術後三週間で、呼びかけに応じ、意識回復の兆を示しました。また、手足の筋肉に部分的反応が認められるようになりました。

術後二十五日、安静な自発呼吸が得られたので、人工呼吸器を外しました。

意識レベルはまだ少しぼんやりしたままで、リハビリ専門医による四肢のリハビリテーションを開始いたしました。

おります」

このころより、顔と頸部に多少のむくみが現われ、これは軟部組織に拒絶反応が発生したものと判断されました。が、免疫抑制剤の投与を続けるうち、約二週間で消滅しております」

拒絶反応を起こしたという頸部の皮膚の拡大写真――。

淡々とした経過報告を聞きながら、五領田弁護士は、できるなら、手術を受けたあとの百合沢の姿を見たいと感じていた。

「術後四十日で、意識レベルはほぼ正常となり、記憶も回復していることが認められました。質問に頷く、首を動かすなどの動作により、人のことばを理解していることを示しております。しかし、顔の表情にはまだひきつりが残り、自分からはことばが話せないため、このころよりスピーチ・セラピーを開始しました。

その結果、術後満二箇月の段階で、構語障害はすっかり解消できないものの、人にわかる程度のことばが喋れるようになりました。

全身状態も順調に回復し、車椅子にすわれるまでに至っております」

しばらく固定していたスクリーンに、新しい写真が映し出された。

五領田弁護士の欲求は叶えられた。車椅子に掛けた百合沢錬平が現われたのだ。

彼は、うすいブルーの寝巻を着て、頸部には包帯が幾重にも巻かれていた。髪は少し伸び、頰が落ちている。血色はそう悪くないようだが、全体にまるで生気がない。

車椅子の右側に白衣を着た医師が立ち、百合沢の左手を持ちあげていた。リハビリの最中なのであろう。ぎごちない姿勢で手をあげている百合沢は無表情で、落ちくぼんだ目も虚《うつろ》にかすんでいた。

痛ましさが、再び五領田の胸を捉えた。

「この段階で、リハビリをマンツーマンで、より細やかに行なうため、また退院後の管理の便宜を計るために、患者を自宅付近の某病院へ転院させました。

術後満三箇月前後より、急速な好転の兆が現われております。全身的発汗、涙の分泌など、自律神経の回復が顕著に認められました。自分で食物を摂取できるまでになりましたが、経鼻栄養との併用を続けました。

依然構語障害は残るものの、かなり自由に発声できるようになりました。尿の排泄は、膀胱を他人に叩いてもらうことにより、自発的にできるまでになっております。

そこで、本人と家族の強い希望を容れて、術後百日の九月七日、自宅へ退院させました。

退院後も、毎日医師が往診し、免疫抑制剤投与と経鼻栄養の補給、リハビリの指導などに当っておりました」

別のスライドが出た。やはり車椅子に掛けた百合沢だが、今度は黒い和服を着て、襟元にらくだ色のマフラーを巻いていた。退院後に、往診した医師が撮った写真ではないだろうか。そのせいか、病人臭さがうすれ、先の写真のような、ややエキセントリックな雰囲気も消えていた。

濃い眉と、高い鼻梁は、健康なころの彼を偲ばせる。だが、眉の下に沈んだ目には、やはり生気がなく、物悲しげにさえ見えた。

一部の新聞記事によれば、彼は以前の弟子に襲われて、メッタ突きにされたらしい。本来ならとても助からない状態から、この手術によって延命された。彼は、若い青年の肉体を貰い受けて、生まれ変ったはずなのだ。

しかし、そう思い返してみても……百合沢の面《おもて》には、深い疲れと、なぜか限りない哀しみが宿っているように、五領田には感じられた……。

「回復は依然順調で、漸次経鼻栄養を排して、自分で食物の摂取ができる見通しでありました。手足の反応や感覚も顕著となり、中枢神経の再生も、明らかにその可能性が認められる段階に達しておりました。

ところが、術後百四十五日目に当る十月二十二日早暁、突然発熱と呼吸不穏に見舞われ、午前十時、M大学病院へ入院。

一時小康を得ましたが、二十四日朝には再び呼吸不穏に陥り、十月二十四日午後零時三十五分、心停止。直ちに蘇生を計りましたが、不成功に終り、ついに死亡に至りました。

直接死因は急性肺炎と考えられ、発症の原因は、免疫抑制剤の副作用によるものではないかと、私たちは判断しております。

屍体は病理解剖に付され、その結果、血管機能の回復、神経の接合は良好であり、中枢神経の再生に関しても、予想した程度の所見を認めております」

何枚かの顕微鏡写真がクローズアップされると、出席者の間に、これまでとは別種の、賞讃するようなざわめきが漂った。

「以上、この症例においては、概《おおむ》ね期待通りの経過を辿りながら、一方、必要不可避の免疫抑制剤投与の結果、その副作用を招き、治癒不能な肺炎を発症したことは、まことに遺憾であります」

吉開は低い声でつけ加えた。

「また、皮肉な結果ともいわねばならないかもしれません」

彼はそこでことばを切り、またハンカチで汗を拭った。

が、休憩する間もなく、彼は背筋を伸ばし、表情を引締めた。すでに予定時間の半分以上が費やされていた。

「ついで、ケース2の報告に移ります。これは、肝臓癌末期の患者の頭蓋と、脳出血の後遺症により植物状態に移行し、その後脳死状態となった患者のボディとの、第五頸椎レベルでの全置換手術であります。

患者Cは、六十四歳、男性。身長一六四センチ。

本年六月初旬、M大学附属病院内科で精密検査の結果、肝臓癌が発見され、六月十四日入院。手術の適用なし。肝臓の大部分が癌細胞に侵され、腹部臓器への広範な転移が認められましたが、脳転移には至っておりませんでした」

ケース1のさいと同様、患者Cの術前の写真がスライドで映し出された。痩せこけた小さな顔と、巨大に膨満した腹部が、無残な対照を示している。陰惨な黄味を帯びた皮膚といい、すでに彼の死期が近いことは、素人目にも明らかにわかるようだった。その患者が、M市とその地方では最大の規模を誇るホテルの社長、多賀谷徳七であることも、五領田は堀内教授からの情報で知っていた。

続いて、内臓のレントゲン写真が、癌の進行状態を伝えた。

「一方、患者Dは、五十六歳、男性。身長一七二センチ。七月二十一日、脳出血のため、同病院救急医療センターへ搬入されました。入院当初は人工呼吸器を使用しましたが、間もなく自発呼吸を取戻し、植物状態に移行いたしました。

約六十日間は、症状が固定しておりましたが、十月一日午前二時、気道内異物のため気管閉塞し、心停止しました。蘇生術の結果、心臓が自動運動を回復しましたので、気管切開して、人工呼吸器を装着いたしました。しかしながら、脳波が平坦化し、瞳孔散大、対光反射消失など、明らかに脳死の状態に陥ったものであります」

脳波測定用コード、人工呼吸器、心電図のコードなど、さまざまの装置に繋がれて仰臥している男の姿が、スクリーンに浮かび出た。五領田は直接会う機会はなかったが、その患者が、娘の典代から相談を受けた小森貞利にちがいなかった。安楽死の疑惑を訴えられ、それがこの手術を関知するきっかけになったのだった……。

「その後、私たちは、CとDとの血液型とHLA抗原を調べたところ、一致したため、両者の頭蓋全置換手術の可能性を検討しはじめました。その他の検査でも、両者は手術の条件に適応することが認められました。

Dの脳死後、四十八時間経過した時点で、CとDの家族と協議した結果、Cの妻と長男より、ぜひ行なってほしいとの要望を受けました。Dの長男夫婦も、Dはすでに死亡したも同然であり、ボディだけでも生存するならばそのほうが望ましいと答えて、了解いたしましたので、手術の施行を決定いたしました。

十月三日午後七時より、手術開始――」

ケース1と同じチームにより、ほぼ同様の手順で、手術の内容が説明された。手術中のスライド写真の数は、今度のほうが多いようだった。二回目の経験で、準備も整っており、それだけ余裕があったわけだろうか。

あらかじめ血管のバイパスで繋がれた多賀谷の頭部と、小森のボディが、切断の直後に接合された写真が提示されると、再びなんともいえぬ嘆声が、人々の口から洩れた。

「――十月四日午前十一時四十分、手術終了。約十五時間を要しました。

続いて、患者Cの術後経過をご報告いたします。

術後六十日現在で、順調な回復を示しております。人工呼吸器は術後一箇月で取外し、安定した自発呼吸を続けております。

経鼻栄養と、免疫抑制剤の投与。ケース1の患者Aと同様、術後一箇月ごろより、顔と頸部に腫れを生じましたが、軽微なため、免疫抑制剤を漸減しております。

意識レベルは、すでに術前と同程度まで回復。構語障害は予想外に少なく、しっかりしたことばを話しはじめています。

ただ、四肢のリハビリの効果が、患者Aより現われにくく、これはボディ提供者であるDが術前の六十日間以上、植物状態で寝たきりであったことの影響であろうと推察されます。

しかしこの点も徐々に好転しており、手足の感覚が一部戻りかけているなど、中枢神経再生の兆も認められております。

慎重な観察を続けながら、予後を見守りたいと思います」

ベッドに横たわり、経鼻管をさしこまれている多賀谷の写真が二枚映ったあと、

「スライド、ありがとうございました」と吉開は断わった。それで、場内の電灯が点った。

吉開は、改めて姿勢を正し、聴衆の頭上へ視線をめぐらせた。

「以上二つの症例を考察いたしますに、ホワイトの実験でも明らかにされていた通り、脳自体はほとんど拒絶反応を示さず、ほかの臓器より好条件で移植できることが実証されたと確信いたします。

いま一つ、最大の問題とされていた中枢神経の再生については、Aにおいて、この速度で回復が進めば、ボディの運動機能や感覚が正常な状態まで復活することも、さほど

遠からず可能であろうとの予測を抱かせたのでありますが、残念ながら術後百四十七日で死亡したため、今後はCの経過に期待しております。

　頭蓋全置換手術は、動物実験レベルでは、私たちチームが過去の学会で発表し、アメリカとソ連においては、手術後のサルが半年以上生存した例が報告されております。しかし、人間の臨床例としては、今回の手術が世界最初であると考えます。

　周知の如く、拒絶反応を抑制する有効な方法の開発や、中枢神経再生の研究は、世界各国で意欲的に進められている段階であります。

　遠からずそれらの問題が完全に解決された暁には、頭蓋全置換手術は、両患者の家族の合意に基づいて行なわれる限り、脳が健全なままボディの傷病のために死に瀕している人の、より確実な延命手段となりうるでありましょう。現在でも、両者の条件が適合すれば、少なくとも約五箇月の生存が可能であることを、私たちの症例が証明したと信じております。

　また、将来、頭蓋全置換の方法が普遍的に適用されるならば、現在アメリカなどで行なわれている臓器移植のドナー制度と同様、各個人が生前から自分の免疫学的特徴について検査を受け、登録しておく制度も考えられます。そのような資料があれば、緊急時にも、頭蓋と適合する脳死者のボディを、短時間に見つけ出すことも可能となるのであります。

　結語といたしまして——今回私たちが行なった手術に対しては、医学上の問題のみならず、人命の定義など、さまざまの未解決な疑問が、社会的、道徳的、あるいは法律的観点からも投げかけられるであろうことは、十分に理解しております。しかしながら、それらの問題は、まず可能性を臨床的に実証することにおいて、はじめて現実的に提起されるものでありましょう。ひいては、近い将来われわれが必ず直面する人間生命の新しい課題と、社会的責任について、あらかじめ公正に、コンセンサスを樹立するために寄与すると信じて、あえて手術を実行いたしました。

学会と社会のご批判を待つ次第であります——」

吉開が一礼したあとも、どこか不気味な沈黙が、場内を支配していた。

やがて、少しずつ拍手が湧き起り、カメラマンがステージの下へ走り寄る姿が見えた。

学会発表後には、およその審判が下るだろうと、堀内教授がいっていたのを、五領田は思い出した。

もし自分も、その審判を下す側に属しているとするなら、なんという困難な決断を迫られたものだろうか。それは何か、人間の運命を暗示するテーマのようにさえ、彼には感じられた。

3

吉開専太郎が日本脳神経外科学会で行なった特別講演の内容が、マスコミを通じて一般に公表されると、つぎにはたちまち、それに対する各界の反響が巻きおこった。学者、法律家、宗教家、評論家などの発言が、ジャーナリズムを沸騰させた。医学的、専門的な意見から、宗教的、倫理的反論まで、多様をきわめた。

東京での学会が終了し、吉開教授がＭ市へ帰った翌日の午後、Ｍ大記者クラブ主催の記者会見が、大学の講堂で開かれた。各紙の科学部記者に加え、東京から社会部記者も多数つめかけ、カメラマンを含めて百五十人以上が出席した。

記者団の質問は、すでに各方面から提出されていたさまざまの意見を総括する形となった。

「教授がこれまで行なってこられた動物実験は、外国の実験例と合わせても、データとしてまだプアであるとの見方が強いようですが、その段階で実際の臨床に応用し、手術を断行されたことについて、道徳的にはどのように考えておられますか」

「実験例の評価が、人によって分れることは、やむをえないと思います」

吉開教授は、落着いた態度で、ことば少なに答え、つぎの質問を待った。

「いったん脊髄レベルで切断された中枢神経は、昔は再生しないといわれていましたが、現在では、理論的には可能だと認められているわけですね。実際に脊損患者の回復例も報告されてはいますが、しかし、確実にどの程度まで接合して再生するかは、まだ明らかに実証されてはいない段階です。その点でも、今回の手術は時期尚早だったのではありませんか」

「私たちは、中枢神経の再生は可能であるという確信の上で、手術を施行したものです」

「今回報告された症例のうち、ケース1は緊急な決断によってなされた手術であり、法律的に抵触する可能性もあるのではないでしょうか。たとえば、当時は本人の意識もなく身許不明のままボディ提供者に選ばれた青年の、脳死した身体に対する処置は、すべて合法的であったとお考えになりますか」

「その点は、専門家の裁定を仰ぐしかないでしょう。しかし、少なくともケース2については、法律的問題は派生しないと思いますが。二人の患者の家族には、事前に十分な了解を得ていましたし、ボディ提供者の植物状態患者は、手術開始時点では、脳波がフラットになってから四十八時間以上も経過しており、その他の症状も、昭和四十五年に〝脳波と脳死委員会〟がまとめた脳死判定基準の項目を満たしていたのです」

「いや、それでもまだ、〝死の判定〟の問題が、基本的に未解決なのではありませんか。人間の死は、何をもって判定されるべきか。脳死か、心臓死か、それとも全体としての死を待つべきなのか。この点はまだ法制化されていませんし、国民全体の完全な合意にも達していないはずです」

「死の判定については、一日も早く法制化すべきであるというのが、私の意見です」

記者会見に列席していた著名な医事評論家が、質問を挟んだ。

「試験管ベビーのことをちょっと振返ってみますと、この研究が動物実験で行なわれていた段階では、倫理的に激しい非難を浴びていたわけです。ところが、ついに人間で成功し、健康な赤ちゃんが誕生してみると、社会はむしろ歓迎的となり、非難が称讃に変っています。こうした、世論の百八十度に近い変転は、過去にはほかの臓器移植の場合に、いや、医学に限らず、さまざまの分野でも、往々に認められますね。——そこで、今回の頭蓋全置換手術に関しても、成功例が増えるにつれて、人々の支持を得られるであろうと、教授はお考えになっていますか」

　吉開は少し間を置いてから、控え目に答えた。

「それは、現在の患者の、今後の経過如何にもかかっていると思います」

　再び記者の質問が続いた。

「教授のチームは、人間の生命の根源は脳にあり、従って、人格は脳に帰属するという大前提に立っておられるようですが……？」

「その通りです。——脳の移植では最も先駆者として知られているアメリカのホワイト博士も、〈あなたという人間、わたしという人間を成り立たせているのは知《マインド》であって心臓《ハート》ではないのです。脳以外のすべての器官が脳を生かしておくための部品となっているのです〉とのべています。たとえば心臓などは、人工心肺でも代用しうる機械にすぎないという考え方ですね。事実、それが、現代医学の基本的理念となりつつあります」

「しかし、人間という存在を、もっと精神的、哲学的、あるいは宗教的に捉え直してみれば、そう簡単には割り切れないと思われますが。頭蓋全置換手術の結果、生き残った一人の人間は、いったい〝脳を持っていた人間〟なのか、〝ボディを持っていた人間〟

なのか、もっと押しつめれば、人間の魂はどこにあるのかという大問題が、当然起きてくるのではないでしょうか」

「私としては、答えは一つしかありません」

「教授の講演でものべられていた通り、拒絶反応の問題や中枢神経の再生も、やがてすっかり解決される日がくるにちがいありません。すると、頭蓋全置換手術に成功しさえすれば、その人は術後二十年も三十年も、場合によっては、術前の人生よりも長く生きられるかもしれないという事態になるわけですね。もしそうなった時、どんな社会的危険が誘発されるか、洞察しておく必要があるのではないでしょうか。

たとえば、いずれ脳死者のボディが、金で取引きされる日がくるのではないか？

医学の発達に伴い、今後増える一方と考えられる植物状態患者が、まだ脳死しないうちに、首をすげ替えられ、他人のボディとして利用される恐れはないか？

もっと極端な場合、健康な人が殺されて、そのボディが見知らぬ頭の下へ移植されるという犯罪も、発生しないと断言できるでしょうか」

「確かに、そうした危険も否定できないかもしれません。いや、むしろ、社会がまだ医学的現実を認識する以前に、頭蓋全置換手術がそのような暗黒な形で行なわれることを防ぐためにも、私たちは手術の施行に踏み切った次第です。〈あらかじめ公正に、コンセンサスを樹立するために〉と私が申したのは、その意味だったのです」

吉開はここでもその姿勢を繰返し、つぎつぎに浴びせられる攻撃的意見にも、重ねて鋭い反論で応酬するようなことはしなかった。

しかし、最後に、すべての根底にある問いかけ——「人間の肉体に対して、このような行為が許されると思うか？」との質問が投じられると、彼はその上品で端整な顔になぜか微笑の影をたちのぼらせ、が、強く見開いた眸にははじめて挑むような光をたたえて、答えた。

「この問題は、第三者のケースとして検討している限り、反対論者のほうが優勢かもしれません。しかし、もしあなた方が、あなた自身の最愛の夫や妻や、子供が死に瀕していると想像してみたら、どうなるでしょうか。頭には何の支障もなく、ボディの病気や怪我で死にかけているとしたら、たとえボディは他人の肉体に変っても、最愛の者の頭脳や精神が死を免れ、物を見たり考えたり、口もきけるならば、ぜひそのようにして生き残ってほしいと希うのではありませんか。また逆に、ボディが無傷なままで脳死してしまったとしたら、せめてその肉体だけでも、この世のどこかに存在し続けてほしいと望む気持も、むしろ自然な心情ではないですか。頭蓋全置換という方法は、

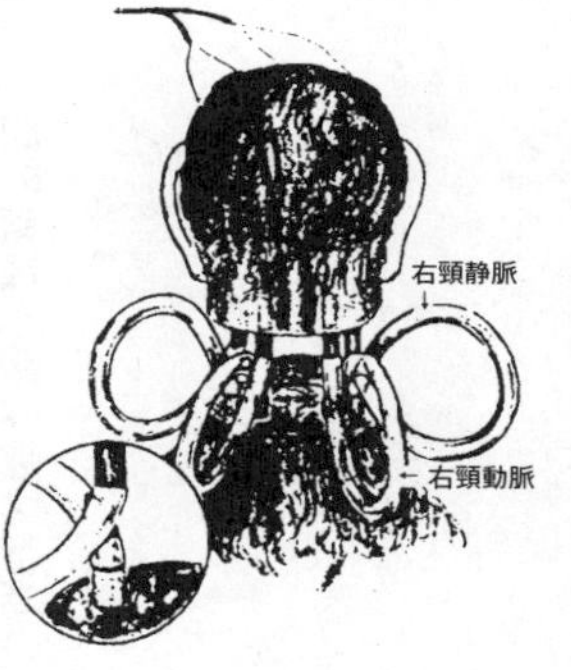

チューブによるバイパスをつけたままで接合される頭蓋とボディ
（米・医学誌 surgery 1971年7月号より）

本来、人間本能の素朴で哀切な願望から発したものにほかなりません。たとえその手術が、人間の領域を踏み越す行為の如く映ったとしても……」

魂の墓標

1

十二月十一日午後三時まえ――。

ホテル・ニューオリエントの本館内には、いつにない、一種異常な雰囲気がたちこめていた。

営業面では、まだ暮には少し間のある、むしろ暇な時期である。午後三時という頃あいも、メインダイニングはクローズしているし、チェックインやアウトともずれ、比較的従業員の手のすいている時間帯であった。

そこで、社の重役幹部はもとより、可能な限り、持ち場を離れられる従業員は全員、午後三時に三階ホールへ集まるよう、朝から通達がまわっていた。通達の源は、社長の息子である多賀谷徳一郎専務である。

「本当に社長が喋《しゃべ》るのかね」

紺野副社長が、落着かない様子で壁の時計を見あげながら呟いた。

「いえ勿論、社長ご自身が出てこられるのではなく、テープレコーダーだそうですが」

と秘書の中西が答えた。

「そんなことはわかっているが、つまり、本当に社長本人の録音かどうかということだ」

「それは、なんとも……しかし、社内の全員に聞かせようというんですから、替え玉に喋らせたりすればバレる恐れがありますし、そんなことならかえって逆効果でしょうからねえ……」

三時からは、ホールで、録音テープによる社長の挨拶が行なわれることになっていた。多賀谷徳七社長は、六月から大学病院に入院しており、病名は慢性肝炎だったが、一時は再起不能の噂も囁かれたほどである。しかし、幸いにして十月初めに手術を受けて以来快方に向かい、遠からず退院できる見通しとなった。それで、とくに社員への挨拶を病室で録音したので、できる限り全員に聞いてもらいたい——専務からは、そのようなメッセージが伝達されていた。

しかし、それはあくまで表向きの話で、実は、肝臓癌だった社長が頭蓋全置換手術を受けたらしいことは、すでに社の内外に知れ渡っていた。手術に関する学会発表やマスコミの報道では、患者名は伏せてあったが、紺野副社長は国立大学のコネを通じて、以前社長の本当の病名を聞き出したさいのように、事の真相を探り出した。頭蓋全置換手術が公表された時から、紺野はすぐに、患者の一人は多賀谷社長ではなかったかとの直感を抱いたのだ。

社長が問題の手術を受けたというニュースは、副社長の身辺から周囲に広まり、たちまち刺激的な話題となって瀰漫《びまん》していた。

が、術後の経過については、くわしい情報は伝わらなかった。妻と息子の専務以外、誰も面会は許されていないので、ほかの者は、新聞記事などで、その後の様子を憶測するしかなかった。

そんな矢先、突然社長の挨拶が聞かれるというのである。ホテルの内部が、緊張と好奇心の混りあったような異常なムードに包まれたのも、無理からぬことだった。

「専務の口ぶりでは、社長の話は五分足らずの、ほんとに挨拶ていどの短いものらしいですよ。とにかく自分は元気で生きている、新館も落成するので、間もなく現場に復帰するぞということを、ぜひ社内に伝えたいという、ご当人の意向だそうで……」

中西が説明した。

ホテル・ニューオリエントの社内は、社長派と副社長派とに分裂して、ことごとに対立している。社長が不治の癌との噂が流れるほどに、社長派は動揺をきたし、寝返る者も出てきていた。それだけに、社長や専務としては、一日も早く、社長の健在を標榜《ひょうぼう》し、味方の結束を固めたいにちがいない。頭蓋全置換手術の件が明るみに出た上は、なおのこと、事態をスッキリさせなければならないと焦っているかもしれなかった。

「現場に復帰するといったって、社長はようやく意識が元通りになって、ことばを喋り出したばかりの段階だというじゃないか」

「車椅子で、リハビリが開始されたとかも、新聞に書いてありましたが」

「それではとても……そんな病人の挨拶など、聞いてもはじまらんな」

紺野は独特の鼻声で、嘲笑うようにいう。

「でも、いずれは運動機能が再生し、自由に動けるようになる可能性もあるんだそうですね」

「どうかねえ。——しかし、たとえそこまで回復したとしても、本来の社長は、つまり首だけなんだろう？」

「まあ、そういうことになりますね」

「それが同じ社長といえるかね」

「はあ……」

「百歩譲って、同一人と認めたにせよ、そんな、他人の身体の上にのっかって、首だけで生きとるような人間に、かつての権威が取戻せるはずがないじゃないか」

「………」

中西は、シャープな感じの若い眸《ひとみ》を、どんよりと曇っているビルの窓外へ注ぎ、しばらく黙っていた。その目を戻すと、副社長に向かって、珍しく異論を説《とな》えた。

「必ずしも、そうとは断定できないんじゃないでしょうか。大京銀行の頭取にしても、脳溢血で倒れられて、その後は車椅子で采配を振るっておられるわけですから……」

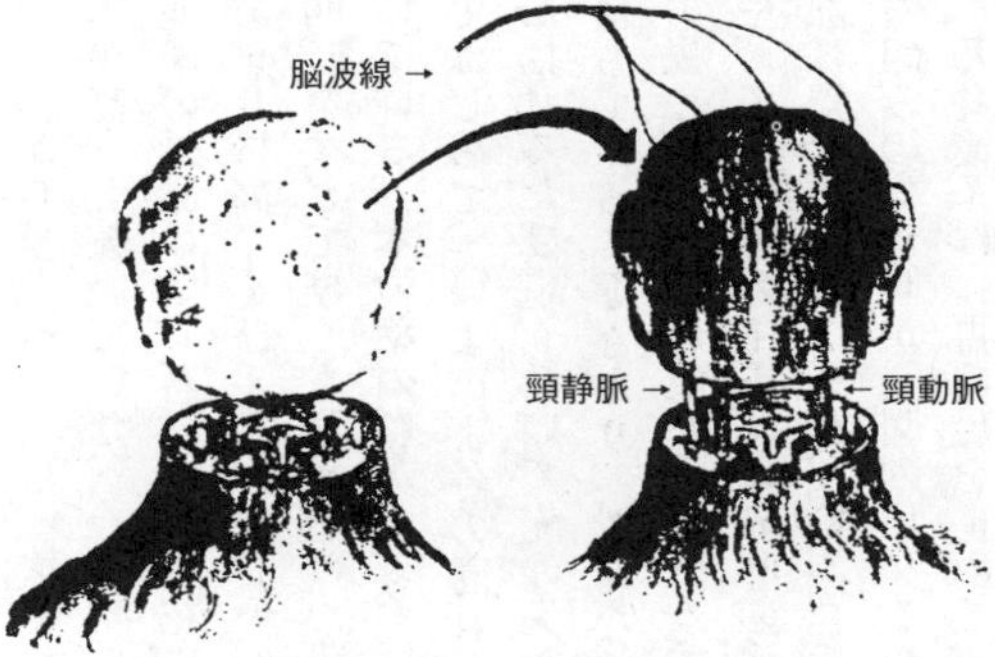

ロバート・J・ホワイトによる猿の頭蓋全置換手術の説明図
（米・医学誌 surgery 1971年7月号より）

「それとこれとは、根本的にちがう」

「ええ、確かにちがうとは思うんですが……しかし、いずれにせよ、経営者の機能は、頭脳にあるわけで……」

「頭だけあれば足りるということか」

「それに、企業のトップというのは、一種の象徴的な存在でしょうから……」

「頭さえ生き残ればいいというのか……」

紺野は同じことばを繰返し、思わず動揺したように、うすい顎を指でこすった。

「副社長。もう三時になりますが」

「ああ……」

紺野はまだ混乱した面持のまま、椅子から腰をあげた。病人の挨拶などはじまらぬと嘲笑したものの、やはり聞かずにはいられないのであった。

2

バス停から墓苑への道は、広くて気持のよい砂利敷で、美しい黄褐色に黄葉した欅《けやき》の並木が高々と続いていた。

並木の外側には、石材店や生花店なども建ち並んでいるが、道幅が広いのと、欅の木があまりに高くそびえているせいか、それらの店舗が何か可愛らしく見えるほどだった。

四時をすぎて早くも衰えかけた陽射しが、木洩れ日になって、路上に淡い影の模様を描いている。木の葉の影がたえず揺れ動いているのは、風が強いからである。師走に入ってはじめて、いよいよ冬の訪れを感じさせる冷たい棘を秘めた風が吹きつける日で、影が揺れるたびに、巻いて先の尖った欅の枯葉が路上に落ちた。本当に、降るように舞い落ちてくることもあり、そんな時には、滝子は思わず立ち止って、頭上を見あげた。梢の先には、千切れ雲が流れるうす青い初冬の空がひろがっている。

やがて、道路の中央に、赤味の濃い光沢のある石を積みあげたものが現われた。石の一部に銅板がはめこまれ、〈小桜霊園〉と横長に文字が刻まれている。

石組みの先からが霊園内になるわけで、見渡す限りの斜面を、墓石の群が埋めていた。

杉乃井滝子は、再び足を止めて、確かめるように青銅のプレートへ目を当てた。M市の北部にある広大な市営墓地については、滝子は名前を知っていたという程度で、自分が誰かの墓参にくるなどとは、今まで考えたこともなかった。

だが、こうしてその入口に立ってみると、不思議な懐かしさとも親しさともつかぬ感慨が、胸に湧きおこるのを覚えた。ここに瀬川聡のお墓があり、自分はきっとこれからも、たびたびここを訪れるだろうというような——。

滝子は、手にさげていた菊の花束を風から守るように、胸に抱え直した。石組みの傍らを通って、霊園内へ歩み入った。

やや狭くなった道路が真直ぐに続き、正面に白い塔が見えている。道路脇には、欅の代りに、小ぶりな桜が植わっていた。気がついてみると、墓標の間へ分け入る細い道の両側にも、並木は続いていて、無数の桜木がこの墓地全体に植えこまれていることがわかる。それが霊園の名の由来かもしれない。春、これらの桜がいっせいに満開になれば、さぞ華麗であろうけれど、今は、ほとんどが裸木の姿で、朽ち葉が路面を蔽うまでに散り敷いている。また後から強い風が吹きつけて、舞いあがった枯葉が、乾いた音をたてて滝子の足許を追い越していった。

(風の渡るひろやかな丘は、瀬川の墓にふさわしい……)

滝子はそんなふうに感じ、ふとまた奇妙な思いも抱いた。

考えてみれば、瀬川聡の墓は、五月末に彼が交通事故に遇ったあと、彼の故郷の町のどこかに設けられたはずだった。それなのに、滝子はそこを訪れたいとは、一度も考えたこともなかった。想像してみても、なぜか現実感が持てなかった。代りに、瀬川がまだどこかに生きているような気配が、滝子の自然な感覚の中に持続していた。

今度こそ、彼は死んでしまったのだと、胸に沈む実感と共に悟らされたのは、新聞で百合沢錬平の訃に接した時である。しかも滝子は、〝百合沢の死〟を意識する以上に、あの瀬川の美しい肉体が、いよいよこの世から消滅してしまうのだという、深い喪失感に襲われた。突然心の中に大きな空洞がひらいてしまったような、どうにもならない虚しさ、寂しさに押し包まれ、身動《みじろ》ぎもせずすわり続けていた……。

(私はやはり、彼の肉体を、純粋に肉体そのものを、何よりも愛していたのではなかっただろうか……?)

滝子はまるで少しずつ納得するように、繰返し思う。

白い塔が五十メートルほどの先に近づいてくると、歩調を緩《ゆる》め、腕にかけていたバッグから手帖を取り出した。立ち止って、紐のはさんである頁を開けた。

〝百合沢家の墓〟は、塔より二本手前の道を左へ曲った右手にあるようだ。滝子はメモを改めると、手帖をしまって、また歩き出した。

そのお墓の位置は、一昨日百合沢宅へ電話を掛けて尋ねた。電話には、弟子かと思われる青年が応答し、四十九日に当る十二月十一日に納骨が行なわれたこと、代々からの墓が小桜霊園にあるなどのことを教えてくれた。苑子夫人が今どうしているかも、滝子は訊きたかったが、口に出せぬまま電話を切ってしまった。

新聞の報道によれば、苑子は百合沢の死の直後、彼の遺言のテープを携えて警察へ出頭し、島尾丈己を殺したのは自分だと自供していた。しかし、その後の調べや島尾の死体の検証などにより、苑子は直接彼を屋根の上から突き落としたのではなく、苑子を百合沢と思いこんだ島尾が、恐怖に駆られ、足許を誤って墜落したらしい状況が、ほぼ明らかにされていた。島尾は頭蓋骨骨折で即死に近く、苑子はそのあと彼の死体に近づいて、両手をメッタ突きにした模様である。百合沢の怨念が苑子にのり移った、というより、苑子が百合沢の心になりきっていたのかもしれないと、滝子は記事を読んだ時に感じた。

苑子が傷害致死と死体損壊の容疑で起訴されたことが、十一月初旬の新聞に小さく報じられていた。彼女の身は今も拘置所に囚われているのだろうか。

せめて少しでも安らかな気持でいてほしい……と、なぜか滝子は祈りたい思いがする。

教えられた角を曲った先には大きな墓が集まっていて、一つ一つが広い区画を占めていた。墓石も、どっしりと重々しいものや、奇抜なデザインも目についた。西陽が流れ雲に遮《さえぎ》られると、あたりは急に翳《かげ》って、もう夕宵が忍び寄っている。ほかの人と鉢合せする気遣いがないように、滝子はしいて四時以後を選んできたのだった。

小さな敷石を埋めこんである道は、ゆるい上りにかかり、丘陵の中腹へと続いていた。付近に人影はなく、話し声も聞こえない。ただ、落葉を焚く煙がどこからか、風に運ばれて流れてくる。それがかえって滝子の心を、静かに落着かせてくれるようでもあった。

訪ねる墓は、斜面を登りはじめて間もなくの右側にあった。白御影石の柵で囲われ、墓碑はつやのある黒御影で、上部がアーチ型に削られている。

〈百合沢家之墓〉と、縦に刻まれていた。赤松と椿が左右に植えられ、白椿が盛りの花をつけていた。あとは槇やさつきの低い植込みが、手入れよく、敷地を縁どりしている。さほど広くはないが、穏やかな趣をたたえた瀟洒《しようしや》な墓であった。

どれほどか、滝子は呼吸を整えるように、墓標の前に佇んでいた。

膝を折って、携えてきた花と線香を供えた。か細い煙が、冷たい空気の中に乱れた。

滝子はつと手をのばして、墓石に掌を当てた。意外な温かさを覚えた。風に晒されてはいても、一日ふり注いでいた陽光の熱がこもっていたのであろう。

「瀬川さん……」

滝子の唇から、おのずと声が迸《ほとばし》り出た。

「聡さん、あなたはここに……」

(ここに眠っているのね……)

滝子の心は、自然にそう囁いていた。墓石の温もりを、瀬川の体温のように感じた。彼の身体を焼いたあとの骨は、この下に埋められている。そしてその肉体こそ、滝子にとっては彼の証、彼の魂の住処《すみか》にほかならなかったのだ。

温みの残る掌を合わせて、瞑目した。

自分はやはりこれからいく度も、この墓へ通うだろう。

(瀬川はここに眠っている——)

彼のためにも、その事実の意味を胸の中にしっかりと抱いて生きていきたいと、滝子は誓っていた。

3

ひそやかな足音が、滝子の背後の敷石を踏んで、通りすぎていった。

右手に水桶をさげ、左手にしきびの束と線香を抱えた高原典代は、道の両側に目を配り、一つ一つの墓碑銘を確かめながら、ゆっくりと足を運んでいた。このゆるい坂をおよそ登りきった、丘の頂きに近い見晴らしのいい場所だと、兄はいっていたから、まだもう少し先だろうけれど。

それにしても、この付近は、同じ霊園の中でも、今まで小森家の墓があった辺りとはずいぶん趣がちがうと、典代は内心で目を瞠《みは》っていた。以前の場所は、霊園の入口から右へ曲り、こちらとは逆に坂をずっと降りていった先だった。丘の麓に当るせいか、いつもあまり陽の当らない斜面に、同じような小さな墓石が肩を並べていた。

それに比べてこの辺は、一つ一つのお墓が広々としているし、墓碑もそれぞれに趣向をこらしてあり、見ていて飽きないほどだ。丘の上のほうだけに、陽当りも風通しもいいようだから、きっと故人もよろこんではいるだろう……。

典代が高知から、M市にいる兄の利幸にたびたび電話を掛けて、父の受けた〝手術〟についてとうとう聞き出したのは、今から一週間前の十二月八日土曜日の夜だった。

父の貞利は、十月四日に、M大学病院で亡くなった。五日の朝報らせを受けて駆けつけた典代は、初七日をすませたあと、十二日には五領田弁護士を訪れ、その日の午後の飛行機で高知へ帰った。

弁護士に会ったのは、父の死について、どうしようもない疑惑が湧き出して、このままではノイローゼになりそうだったからだ。が、風格のある初老の弁護士が、貞利の死が安楽死に該当する可能性はほとんどなく、多少その疑いが残るとしても、立証はまず困難だという状況を、わかりやすく説明してくれた。すると典代は、急に憑きものが落ちたように納得し、むしろ安堵すら覚えた。

それにしてもなぜ、利幸が父の死をすぐに報らせてくれなかったのか。それと、あの遺体の足にまつわるなんともいえない気味の悪い謎だけは、そのまま解けなかったけれど、もうなるべく忘れようと、記憶に蓋をする気持で、夫と子供たちの待つ高知へ帰ったのだった。

宗派のしきたりで納骨は三十五日に行なうことになり、十一月七日には、典代は再び晃をつれて、M市へ出てきた。

ところが、また高知へ戻って間もなくの十一月中旬の新聞に、M大医学部で緊急教授会が開かれたことと、M大学病院で人体実験に近い手術がなされたことを匂わす記事が載った。典代はある種の直感を覚えて、その後の報道に注意していた。

十二月四日には、東京で日本脳神経外科学会が開催され、そこではじめて、M大脳外科の吉開教授が、自分たちチームの行なった二例の手術について、正式に発表した模様だった。

翌日の新聞やテレビでは、その講演の内容が公表されたが、患者名は伏せられていた。しかし、典代はもう疑わなかった。利幸に何度も電話を掛けて問い詰めた。最初はことばを濁していた兄も、隠しきれないと諦めたのか、やがて、〝事実〟を認めた。

すぐにもM市へとんでいって、もっとくわしく聞き糺《ただ》したいところだったが、あいにく夫が出張中で、二人の子供を抱えていては身動きがつかなかった。未熟児で生まれた下の子は、十月二十日に無事退院し、夫の母も東京へ引揚げていた。

つぎの週末を待ち、十五日土曜日の今日、典代は子供たちを夫にたのんで、朝の飛行機に乗った。とりわけ貞利になついていた晃は、子供心にも何かを感じとったらしく、今度もいっしょに行きたいとせがんだが、典代はなだめてきた。まだ小学二年の晃に、祖父の身に起きた異常な出来事を知られることが怖かったのだ。

利幸たちの住むM市の実家は、納骨のあと大工を頼んで手入れしたとかで、洋風に模様替えされていた。生前貞利の寝起きしていた座敷は、庭のほうへ床をひろげて、見ちがえるように広々としたダイニングルームに変っていた。

利幸は、もう比較的淡々と、すべての経過を妹に打ちあけた。むしろ無表情に、淡々と伝える以外に、語りようがないとでもいうふうに――。

〝手術〟の話は、最初主治医の佃助教授から、すでに九月ごろ、典代が父を見舞いにきたころに聞かされたという。貞利が、植物状態患者によくあるケースで、脳波が平坦化し、人工呼吸器の力だけで心臓を動かしているような状態になった場合には、頭蓋全置換手術の適用もありうると――。

その予測が当ったように、十月一日午前二時すぎ、貞利は脳死に陥った。佃は利幸を個室へ呼んで、再び手術の話を持ち出した。もう一人の手術予定者である肝臓癌患者の状態も説明した。まだしばらく貞利の容態を見守らなければならないが、このまま脳死状態が続き、家族が了解してくれるならば、われわれとしては手術を行ないたい、ほかの親族とも相談してほしいと頼んだ。

貞利の脳波はフラットなままで、二日以上が経過した。病院に泊りこんでいた利幸は、十月三日の朝、吉開教授と佃助教授に呼ばれ、今度ははっきりと、回答を求められた。利幸が必ずしも否定的でないと見てとると、彼らはもう一人の患者の家族に、利幸を引き合わせた。ホテルの社長の妻と、専務をしている長男は、利幸に、手術の同意を懇願した……。

『まあ、お父さんは、このままにしておいても、いずれ心臓が止ってしまうわけだからね。つまり、もう亡くなったも同然なんだから……それなら、せめてボディだけでも生き残ってくれれば、ぼくらにもまだ救いがある。おまえもきっとそのほうを望むだろうと考えたものだから、承諾したわけなんだ……』

利幸はさっき、そんなふうに説明した。それでいて、

『おまえに相談したら、反対されるかもしれないので……すまないとは思ったんだけ

ど』などと、さすがに目を伏せて言訳けしていた……。

典代は、おそろしいショックに襲われながら、ともかく父の墓参をしてこようと思った。墓の前に立って、父と無言の対話を交すうちに、心が整理されてくるかもしれない。

すると利幸が、墓が替っているからと告げた。

『もともとうちのお墓は、狭苦しいし、谷底みたいな地形にあっただろう？　もっと上のほうで、新しい用地が造成されたんで、思い切って替ったんだよ。今度は丘の頂上近くで、見晴らしのいい場所だよ』

典代は多少怪訝《けげん》なまま、ともかくその位置を聞いて、出かけてきた。あまり夕方遅くに墓参りをするものではないと、昔父に教えられたことを思い出したが、今日は許してくれるだろう……。

坂道をのぼっていくうちに、斜面がしだいに急になって、両側はまるで段々畑のように区画され、立派な墓ができていた。この辺の墓はどれも新しそうで、整地されただけでまだ石碑が置かれてないところもあった。

霊園の丘の頂きが、間近に見えてきた。頂上部には栗や樅《もみ》などの大樹がそびえて、背後は下り傾斜で林になっているようだ。

左手の、真新しい白さの石で囲われた墓に目をやった時、典代は思わずドキリとして瞬きした。ゆったりとした区画内には、松、紅葉、百日紅《さるすべり》などの姿のいい植木が配置され、中央には桜色を帯びた見事な墓石が据えられている。その上に〈小森家歴代之墓〉

という文字を見出したからである。

典代は一瞬読みちがえたかと思ったが、確かにそう彫られている。兄に教えられたのもこの見当だし、するとやはりそこは父の墓なのであった。

石段を上った正面には真鍮《しんちゅう》の扉が設けられ、横には〝名刺受け箱〟まで備えてあった。淡紅色の美しい墓石は、横長だが高さもかなりあり、全体の大きさは以前の墓の三倍もありそうだ……。

典代は、おずおずと歩み入った。重い水桶を足許に置き、墓碑の下へ近づいた。携えてきたしきびの束は、ここでは小さすぎて、いかにも貧弱に見えた。

典代は目をつぶって、合掌した。

（お父さん――）

胸の中で呼びかけた。するといつもなら、父の笑顔や、さまざまの表情が甦り、優しい声が聞こえてくるのだ。初七日をすませ、弁護士にも会い、ひとまず納得して高知の家へ帰ったころから、典代は再び、父との対話を取戻していた。植物状態で眠り続ける父の枕辺に寄添っていた日々のように、いやもしかしたらいっそう確かな、決してもうどこへも行かない父と、心ゆくまで語りあい、気持を支えられてきた。

しかし、なぜか今は――呼びかけても、父の面影はたちのぼってはこなかった。典代の心が動揺し、波立っているせいかもしれない。

典代は目を開けて、濡れたように光る墓石を見あげた。

「お父さん、どこへ行ってしまったの……」

声に出すと、典代の頰に涙があふれ落ちた。それから徐々に、名状しがたい怒りが噴きあげてきた。モダンに改築されていた兄の家や、この立派な新しい墓は、何を意味するのか。まさかそれが「契約」であったとまでは思いたくないが、いずれにせよ、それらはまさしく父の〝ボディ〟のために、その見返りとして贖《あがな》われたものではなかっただろうか——？

こんなことがあっていいものか？

この人間の社会で……！

『体温があって、息をしていて、そういうお父さんの身体がこの世の中にあるだけで心の支えになると、お前もいってたじゃないか』とも、利幸はのべた。でもそれはあくまで、父が一箇の人間として、その個性や尊厳を失わずに存在している限り、という意味だったのだ。

たとえ二度と眠りから醒めなかったにせよ、父の五体と魂は、あのまま安らかに昇天してほしかったのに……！

「お父さん。あなたはどこへ行ったの？」

典代の目は、墓標の先、丘の上の中空へ注がれていた。風に吹きちぎられた奇怪な形の雲に、残照がこもり、その空の一帯が、何か不可思議な世界を現出しているかに感じられた。

遥か空間の巨大な扉を開けて、父の後姿が、おそろしい風の吹きすさぶ扉の向うへ吸いこまれていく幻影を、典代は見ていた。

こんなことが、あってはならない！

そのために、自分は決してあの風の扉を忘れることはないのだと、典代は思った。

文中ロバート・J・ホワイトのことばは、『人間操作の時代』(ヴァンス・パッカード、中村保男訳、プレジデント社)より引用させて頂きました。

また、執筆に当り、医学的問題は、京都大学医学部生理学助教授品川嘉也先生、東京慈恵会医科大学脳神経外科助教授鈴木敬先生、国立名古屋病院産婦人科戸谷良造先生、名古屋雨宮外科医院雨宮孝先生に、染織工芸については、小島悳次郎先生、高田倭男先生に、懇切な御指導を頂きました。あらためて深く御礼申し上げます。

著者

解説

板倉徹

「身体の一部だけでも彼がどこかで生き続けていると考えると、彼を失ったつらさや悲しみから少し救われるような気がしています」

今年（二〇一一年）四月、十五歳未満の小児をドナー（臓器提供者）とする初めての脳死移植が行われ、マスコミでも大きく報じられた。冒頭の台詞は、臓器を提供した男児の両親が発表したコメントである。

男児の両親は、提供した臓器に男児の「心」が存在すると感じているようだ。しかし、そもそも人格を形成する人間の「心」は、体のどの部分にあるのであろうか。また、その結果、人間の身体はどこまで移植が許されるのか。日本国内で臓器移植が始まって時間こそ経過したが、こういった倫理的な課題については議論が進んでいない。

日本では、長年「肝が据わる」「切腹」などという言葉からも分かるように身体や腹に「心」があると考えている人も多い。

作中では、恋人の瀬川聡を失った杉乃井滝子は、瀬川の左手が移植で生きのびていると知って衝撃を受けながらもその手に愛着を感じている。冒頭の男児の両親に近い感情を持っていたように思える。滝子は、染織工芸家・百合沢錬平の手を雑誌のグラビアページで見つけて、他人に付いているけど瀬川の手に違いないと思う。なんともいえないこの直感は非常に興味深い。他人に移植した体の一部はもう他人のものといえるのか。一つの問題提起である。

一方、植物状態だった父親の身体を移植に使われた高原典代は「二度と眠りから醒めなかったにせよ、父の五体と魂は、あのまま安らかに昇天してほしかった」と回想する。やはり体と「心」は一体と考えるが、さらに移植自体にも強い拒否反応を示しているようだ。

医師、とくに脳神経外科医という私の立場で考えれば、「心」は脳にあると考える。それは、医療現場において、脳に外傷がある時などに起こる様々な現象を見ているからだろう。例えば、前頭葉の前部が傷つくと、性格がゴロッと変わってしまう。これまで穏やかで責任感が強かった人が、脳が傷ついただけで、怒りっぽくなったり、適当な投げやりの性格になったりする。その変化を見てしまうと、やはり、脳に「心」があるのではないかと思う。この考え方からいけば、脳死、その先の臓器移植は受け入れやすいだろう。

本作に登場する、米国のケース・ウエスタン・リザーブ大学のロバート・ホワイト博士は一九七〇年代に、二匹のサルの頭と胴体を切り離し、一方の頭をもう一方の胴体に移植する実験を行った。そのサルは最長で一週間生き、視覚、聴覚、嗅覚は完全に正常だったという。私自身、脳移植の歴史に関わる論文で、過去にホワイト博士の実験について触れたことがあるが、実験当時においては人間への応用まで現実的に想像できなかった。

本作の発表（一九八〇年）から三十年が経ち、移植医療も進んできた。いまでは、人間への応用も、倫理面を度外視すれば技術的にそれらしくは出来るだろう。脳の血管は、左右の頸動脈、椎骨動脈など四本ある。脳は血液が三分間ほど流れないと死んでしまうが、人工心肺を用いれば問題ない。血管を繋ぐことも、いまの技術では全く難しくない。ただ、医学的に最も難しいのは、首の所で切った脊髄を繋げることだ。現時点でも繋げることは不可能で、外科的に首と胴体が繋がって会話くらいはできても、首から下は動かせない。これは交通事故やスポーツ事故などによる脊髄損傷のケースを考えると分かりやすい。半身不随で車いす生活を強いられる患者も多いが、これは脳、脳幹、脊髄という中枢神経は再生しないという大前提があるからだ。とはいえ、この中枢神経の再生は医学における大きな問題で全世界が競って研究を進めている。この再生が実現すれば、脊髄損傷も、脳卒中による体の麻痺も、みな治ることになる。ｉＰＳ細胞による再生や、脊髄の再生を促す薬の開発などが進めば、ぎこちなくても手が動き出すということは、近い将来十分ありうる話だ。

本作が発表されてから、国内では、腎移植などに関する法律が整備され始め、生体肝移植も大きな話題となった。さらに臓器移植法が施行され、脳死移植も件数を重ねている。私も脳死臓器移植を脳死判定医として担当した。現場は冷静でも、記者会見にはマスコミが殺到し、脳死判定について徹底的に質問されていく。その過熱ぶりには閉口したが、最近は落ち着き始めたようにも思える。

だが、移植例を重ねても、倫理面の議論が付いてきていない。

現に、海外では脳の一部に胎児の細胞を移植してパーキンソン病の治療を行ったりしているし、脳卒中の患者に対しても脳へ細胞を移植して治そうという動きがある。いずれも低次な働きの細胞の移植で、性格の変化など考えられないが、「心」は脳にあると考えれば一歩踏み出すものである。脳以外でも、iPS細胞の研究が進んで脊髄再生が可能になれば、本作のような大胆な移植手術も技術的には可能になる。

東日本大震災における福島での原発事故では、現代人が制御できないものを自ら作り、悪戦苦闘している。豊かになった日本は、経済的な繁栄を背景に買えるものを買えるだけ集め、高い技術力も身につけたが、同時に進めるべき倫理がついてこなかった。臓器移植についても同様のことがいえる。

行間に漂う、サスペンスならではの恐怖感。ミステリーとして面白さも申し分ないが、本作は、いち早く人間の生命についての根本的な問題を提起し、現在もなお問い続けている。

（脳神経外科医、和歌山県立医科大学学長）

単行本　一九八〇年　文藝春秋刊
この本は一九八三年に小社より刊行された文春文庫の新装版です。
DTP制作　ジェイ エスキューブ

文春文庫

風《かぜ》の扉《とびら》

定価はカバーに
表示してあります

2011年6月10日　新装版第1刷

著　者　夏《なつ》樹《き》静《しず》子《こ》
発行者　村上和宏
発行所　株式会社 文藝春秋

東京都千代田区紀尾井町3-23　〒102-8008
TEL 03・3265・1211
文藝春秋ホームページ　http://www.bunshun.co.jp

落丁、乱丁本は、お手数ですが小社製作部宛お送り下さい。送料小社負担でお取替致します。

印刷製本・凸版印刷

Printed in Japan
ISBN978-4-16-718430-8